Der Autor Arthur Schnitzler wurde am 15. Mai 1862 in Wien geboren. Noch bevor er auf das Akademische Gymnasium kam, als Neunjähriger, versuchte er, seine ersten Dramen zu schreiben. Nach dem Abitur studierte er Medizin, wurde 1885 Aspirant und Sekundararzt; 1888 bis 1893 war er Assistent seines Vaters in der Allgemeinen Poliklinik in Wien; nach dessen Tod eröffnete er eine Privatpraxis. 1886 die ersten Veröffentlichungen in Zeitschriften, 1888 das erste Bühnenmanuskript, 1893 die erste Uraufführung, 1895 das erste Buch, die Erzählung ›Sterben‹ bei S. Fischer in Berlin. Beginn lebenslanger Freundschaften mit Hugo von Hofmannsthal, Felix Salten, Richard Beer-Hofmann und Hermann Bahr. Das dramatische und das erzählerische Werk entstehen parallel. Stets bildet der einzelne Mensch, die individuelle Gestalt »in ihrem Egoismus oder ihrer Hingabe, ihrer Bindungslosigkeit oder Opferbereitschaft, in ihrer Wahrhaftigkeit oder Verlogenheit« (Reinhard Urbach), den Mittelpunkt seiner durchweg im Wien der Jahrhundertwende angesiedelten Stoffe. Arthur Schnitzler hat, von Reisen abgesehen, seine Geburtsstadt nie verlassen; am 21. Oktober 1931 ist er dort gestorben.

Arthur Schnitzler
Das erzählerische Werk

In chronologischer Ordnung

1
Sterben

2
Komödiantinnen

3
Frau Berta Garlan

4
Der blinde Geronimo und sein Bruder

5
Der Weg ins Freie

6
Die Hirtenflöte

7
Doktor Gräsler, Badearzt

8
Flucht in die Finsternis

9
Die Frau des Richters

10
Traumnovelle

11
Ich

12
Therese

Arthur Schnitzler
Die Frau des Richters

Erzählungen
1923–1924

Fischer
Taschenbuch
Verlag

Ungekürzte, nach den ersten Buchausgaben durchgesehene Ausgabe
Veröffentlicht im Fischer Taschenbuch Verlag GmbH,
Frankfurt am Main, Juni 1990

Lizenzausgabe mit freundlicher Genehmigung
des S. Fischer Verlags GmbH, Frankfurt am Main
© S. Fischer Verlag GmbH, Frankfurt am Main 1961
Umschlagentwurf: Buchholz / Hinsch / Hensinger unter Verwendung
eines Gemäldes von Egon Schiele ›Bildnis Elizabeth Lederer‹, 1913
Gesamtherstellung: Clausen & Bosse, Leck
Printed in Germany
ISBN 3-596-29409-6

Inhalt

Fräulein Else 9
Die Frau des Richters 76

Bibliographischer Nachweis 135

Fräulein Else

»*Du willst wirklich nicht mehr weiterspielen, Else?*« – »Nein, Paul, ich kann nicht mehr. Adieu. – Auf Wiedersehen, gnädige Frau.« – »*Aber Else, sagen Sie mir doch: Frau Cissy. – Oder lieber noch: Cissy, ganz einfach.*« – »Auf Wiedersehen, Frau Cissy.« – »*Aber warum gehen Sie denn schon, Else? Es sind noch volle zwei Stunden bis zum Dinner.*« – »Spielen Sie nur Ihr Single mit Paul, Frau Cissy, mit mir ist's doch heut' wahrhaftig kein Vergnügen.« – »*Lassen Sie sie, gnädige Frau, sie hat heut' ihren ungnädigen Tag. – Steht dir übrigens ausgezeichnet zu Gesicht, das Ungnädigsein, Else. – Und der rote Sweater noch besser.*« – »Bei Blau wirst du hoffentlich mehr Gnade finden, Paul. Adieu.«

Das war ein ganz guter Abgang. Hoffentlich glauben die Zwei nicht, daß ich eifersüchtig bin. – Daß sie was miteinander haben, Cousin Paul und Cissy Mohr, darauf schwör' ich. Nichts auf der Welt ist mir gleichgültiger. – Nun wende ich mich noch einmal um und winke ihnen zu. Winke und lächle. Sehe ich nun gnädig aus? – Ach Gott, sie spielen schon wieder. Eigentlich spiele ich besser als Cissy Mohr; und Paul ist auch nicht gerade ein Matador. Aber gut sieht er aus – mit dem offenen Kragen und dem Bösen-Jungen-Gesicht. Wenn er nur weniger affektiert wäre. Brauchst keine Angst zu haben, Tante Emma...

Was für ein wundervoller Abend! Heut' wär' das richtige Wetter gewesen für die Tour auf die Rosetta-Hütte. Wie herrlich der Cimone in den Himmel ragt! – Um fünf Uhr früh wär' man aufgebrochen. Anfangs wär' mir natürlich übel gewesen, wie gewöhnlich. Aber das verliert sich. – Nichts köstlicher als das Wandern im Morgengrauen. – Der einäugige Amerikaner auf der Rosetta hat ausgesehen wie ein Boxkämpfer. Vielleicht hat ihm beim Boxen wer das Aug' ausgeschlagen. Nach Amerika würd' ich ganz gern heiraten, aber keinen Amerikaner. Oder ich heirat' einen Amerikaner und wir leben in Europa. Villa an der

– 9 –

Riviera. Marmorstufen ins Meer. Ich liege nackt auf dem Marmor. – Wie lang ist's her, daß wir in Mentone waren? Sieben oder acht Jahre. Ich war dreizehn oder vierzehn. Ach ja, damals waren wir noch in besseren Verhältnissen. – Es war eigentlich ein Unsinn, die Partie aufzuschieben. Jetzt wären wir jedenfalls schon zurück. – Um vier, wie ich zum Tennis gegangen bin, war der telegraphisch angekündigte Expreßbrief von Mama noch nicht da. Wer weiß, ob jetzt. Ich hätt' noch ganz gut ein Set spielen können. – Warum grüßen mich diese zwei jungen Leute? Ich kenn' sie gar nicht. Seit gestern wohnen sie im Hotel, sitzen beim Essen links am Fenster, wo früher die Holländer gesessen sind. Hab' ich ungnädig gedankt? Oder gar hochmütig? Ich bin's ja gar nicht. Wie sagte Fred auf dem Weg vom ›Coriolan‹ nach Hause? Frohgemut. Nein, hochgemut. Hochgemut sind Sie, nicht hochmütig, Else. – Ein schönes Wort. Er findet immer schöne Worte. – Warum geh' ich so langsam? Fürcht' ich mich am Ende vor Mamas Brief? Nun, Angenehmes wird er wohl nicht enthalten. Expreß! Vielleicht muß ich wieder zurückfahren. O weh. Was für ein Leben – trotz rotem Seidensweater und Seidenstrümpfen. Drei Paar! Die arme Verwandte, von der reichen Tante eingeladen. Sicher bereut sie's schon. Soll ich's dir schriftlich geben, teure Tante, daß ich an Paul nicht im Traum denke? Ach, an niemanden denke ich. Ich bin nicht verliebt. In niemanden. Und war noch nie verliebt. Auch in Albert bin ich's nicht gewesen, obwohl ich es mir acht Tage lang eingebildet habe. Ich glaube, ich kann mich nicht verlieben. Eigentlich merkwürdig. Denn sinnlich bin ich gewiß. Aber auch hochgemut und ungnädig Gott sei Dank. Mit dreizehn war ich vielleicht das einzige Mal wirklich verliebt. In den Van Dyck – oder vielmehr in den Abbé Des Grieux, und in die Renard auch. Und wie ich sechzehn war, am Wörthersee. – Ach nein, das war nichts. Wozu nachdenken, ich schreibe ja keine Memoiren. Nicht einmal ein Tagebuch wie die Bertha. Fred ist mir sympathisch, nicht mehr. Vielleicht, wenn er eleganter wäre. Ich bin ja doch ein Snob. Der Papa findet's auch und lacht mich aus. Ach, lieber Papa, du machst mir viel Sorgen. Ob er die Mama einmal

– 10 –

betrogen hat? Sicher. Öfters. Mama ist ziemlich dumm. Von mir hat sie keine Ahnung. Andere Menschen auch nicht. Fred? – Aber eben nur eine Ahnung. – Himmlischer Abend. Wie festlich das Hotel aussieht. Man spürt: Lauter Leute, denen es gutgeht und die keine Sorgen haben. Ich zum Beispiel. Haha! Schad'. Ich wär' zu einem sorgenlosen Leben geboren. Es könnt' so schön sein. Schad'. – Auf dem Cimone liegt ein roter Glanz. Paul würde sagen: Alpenglühen. Das ist noch lang' kein Alpenglühen. Es ist zum Weinen schön. Ach, warum muß man wieder zurück in die Stadt!

»*Guten Abend, Fräulein Else.*« – »Küss' die Hand, gnädige Frau.« – »*Vom Tennis?*« – Sie sieht's doch, warum fragt sie? »Ja, gnädige Frau. Beinah drei Stunden lang haben wir gespielt. – Und gnädige Frau machen noch einen Spaziergang?« – »*Ja, meinen gewohnten Abendspaziergang. Den Rolleweg. Der geht so schön zwischen den Wiesen, bei Tag ist er beinahe zu sonnig.*« – »Ja, die Wiesen hier sind herrlich. Besonders im Mondenschein von meinem Fenster aus.« –

»*Guten Abend, Fräulein Else. – Küss' die Hand, gnädige Frau.*« – »Guten Abend, Herr von Dorsday.« – »*Vom Tennis, Fräulein Else?*« – »Was für ein Scharfblick, Herr von Dorsday.« – »*Spotten Sie nicht, Else.*« – Warum sagt er nicht ›Fräulein Else‹ – »*Wenn man mit dem Rakett so gut ausschaut, darf man es gewissermaßen auch als Schmuck tragen.*« – Esel, darauf antworte ich gar nicht. »Den ganzen Nachmittag haben wir gespielt. Wir waren leider nur Drei. Paul, Frau Mohr und ich.« – »*Ich war früher ein engagierter Tennisspieler.*« – »Und jetzt nicht mehr?« – »*Jetzt bin ich zu alt dazu.*« – »Ach, alt, in Marienlust, da war ein fünfundsechzigjähriger Schwede, der spielte jeden Abend von sechs bis acht Uhr. Und im Jahr vorher hat er sogar noch bei einem Turnier mitgespielt.« – »*Nun, fünfundsechzig bin ich Gott sei Dank noch nicht, aber leider auch kein Schwede.*« – Warum leider? Das hält er wohl für einen Witz. Das Beste, ich lächle höflich und gehe. »Küss' die Hand, gnädige Frau. Adieu, Herr von Dorsday.« Wie tief er sich verbeugt und was für Augen er macht. Kalbsaugen. Hab' ich ihn am Ende verletzt mit dem fünfundsechzigjährigen Schweden?

Schad't auch nichts. Frau Winawer muß eine unglückliche Frau sein. Gewiß schon nah an Fünfzig. Diese Tränensäcke, – als wenn sie viel geweint hätte. Ach wie furchtbar, so alt zu sein. Herr von Dorsday nimmt sich ihrer an. Da geht er an ihrer Seite. Er sieht noch immer ganz gut aus mit dem graumelierten Spitzbart. Aber sympathisch ist er nicht. Schraubt sich künstlich hinauf. Was hilft Ihnen Ihr erster Schneider, Herr von Dorsday? Dorsday! Sie haben sicher einmal anders geheißen. – Da kommt das süße kleine Mädel von Cissy mit ihrem Fräulein. – »Grüß dich Gott, Fritzi. Bon soir, Mademoiselle. Vous allez bien?« – »*Merci, Mademoiselle. Et vous?*« – »Was seh' ich, Fritzi, du hast ja einen Bergstock. Willst du am End' den Cimone besteigen?« – »*Aber nein, so hoch hinauf darf ich noch nicht.*« – »Im nächsten Jahr wirst du es schon dürfen. Pah, Fritzi. A bientôt, Mademoiselle.« – »*Bon soir, Mademoiselle.*«

Eine hübsche Person. Warum ist sie eigentlich Bonne? Noch dazu bei Cissy. Ein bitteres Los. Ach Gott, kann mir auch noch blühen. Nein, ich wüßte mir jedesfalls was Besseres. Besseres? – Köstlicher Abend. ›Die Luft ist wie Champagner‹, sagte gestern Doktor Waldberg. Vorgestern hat es auch einer gesagt. – Warum die Leute bei dem wundervollen Wetter in der Halle sitzen? Unbegreiflich. Oder wartet jeder auf einen Expreßbrief? Der Portier hat mich schon gesehen; – wenn ein Expreßbrief für mich da wäre, hätte er mir ihn sofort hergebracht. Also keiner da. Gott sei Dank. Ich werde mich noch ein bißl hinlegen vor dem Diner. Warum sagt Cissy ›Dinner‹? Dumme Affektation. Passen zusammen, Cissy und Paul. – Ach, wär der Brief lieber schon da. Am Ende kommt er während des ›Dinner‹. Und wenn er nicht kommt, hab' ich eine unruhige Nacht. Auch die vorige Nacht hab' ich so miserabel geschlafen. Freilich, es sind gerade diese Tage. Drum hab' ich auch das Ziehen in den Beinen. Dritter September ist heute. Also wahrscheinlich am sechsten. Ich werde heute Veronal nehmen. O, ich werde mich nicht daran gewöhnen. Nein, lieber Fred, du mußt nicht besorgt sein. In Gedanken bin ich immer per Du mit ihm. – Versuchen sollte man alles, – auch Haschisch. Der Marinefähnrich Brandel hat sich aus China, glaub' ich, Haschisch mitgebracht. Trinkt man oder raucht man Haschisch? Man soll prachtvolle Visionen haben. Brandel hat mich eingeladen mit ihm Haschisch zu trinken oder – zu rauchen – Frecher Kerl. Aber hübsch. –

»*Bitte sehr, Fräulein, ein Brief.*« – Der Portier! Also doch! – Ich wende mich ganz unbefangen um. Es könnte auch ein Brief von der Karoline sein oder von der Bertha oder von Fred oder Miß Jackson? »Danke schön.« Doch von Mama. Expreß. Warum sagt er nicht gleich: ein Expreßbrief? »O, ein Expreß!« Ich mach' ihn erst auf dem Zimmer auf und les' ihn in aller Ruhe. – Die Marchesa. Wie jung sie im Halbdunkel aussieht. Sicher fünfundvierzig. Wo werd' ich mit fünfundvierzig sein? Vielleicht schon tot. Hoffentlich. Sie lächelt mich so nett an, wie immer. Ich lasse sie vorbei, nicke ein wenig, – nicht als wenn ich mir eine besondere Ehre daraus machte, daß mich eine Marchesa anlächelt. – »*Buona sera.*« – Sie sagt mir buona sera. Jetzt muß ich mich doch wenigstens verneigen. War das zu tief? Sie ist ja um so viel älter. Was für einen herrlichen Gang sie hat. Ist sie geschieden? Mein Gang ist auch schön. Aber – ich weiß es. Ja, das ist der Unterschied. – Ein Italiener könnte mir gefährlich werden. Schade, daß der schöne Schwarze mit dem Römerkopf schon wieder fort ist. ›Er sieht aus wie ein Filou‹, sagte Paul. Ach Gott, ich hab' nichts gegen Filous, im Gegenteil. – So, da wär' ich. Nummer siebenundsiebzig. Eigentlich eine Glücksnummer. Hübsches Zimmer. Zirbelholz. Dort steht mein jungfräuliches Bett. – Nun ist es richtig ein Alpenglühen geworden. Aber Paul gegenüber werde ich es abstreiten. Eigentlich ist Paul schüchtern. Ein Arzt, ein Frauenarzt! Vielleicht gerade deshalb. Vorgestern im Wald, wie wir so weit voraus waren, hätt' er schon etwas unternehmender sein dürfen. Aber dann wäre es ihm übel ergangen. Wirklich unternehmend war eigentlich mir gegenüber noch niemand. Höchstens am Wörthersee vor drei Jahren im Bad. Unternehmend? Nein, unanständig war er ganz einfach. Aber schön. Apoll vom Belvedere. Ich hab' es ja eigentlich nicht ganz verstanden damals. Nun ja mit – sechzehn Jahren. Meine himmlische Wiese! Meine –! Wenn man sich die nach

Wien mitnehmen könnte. Zarte Nebel. Herbst? Nun ja, dritter September, Hochgebirge.

Nun, Fräulein Else, möchten Sie sich nicht doch entschließen, den Brief zu lesen? Er muß sich ja gar nicht auf den Papa beziehen. Könnte es nicht auch etwas mit meinem Bruder sein? Vielleicht hat er sich verlobt mit einer seiner Flammen? Mit einer Choristin oder einem Handschuhmädel. Ach nein, dazu ist er wohl doch zu gescheit. Eigentlich weiß ich ja nicht viel von ihm. Wie ich sechzehn war und er einundzwanzig, da waren wir eine Zeitlang geradezu befreundet. Von einer gewissen Lotte hat er mir viel erzählt. Dann hat er plötzlich aufgehört. Diese Lotte muß ihm irgend etwas angetan haben. Und seitdem erzählt er mir nichts mehr. – Nun ist er offen, der Brief, und ich hab' gar nicht bemerkt, daß ich ihn aufgemacht habe. Ich setze mich aufs Fensterbrett und lese ihn. Achtgeben, daß ich nicht hinunterstürze. Wie uns aus San Martino gemeldet wird, hat sich dort im Hotel Fratazza ein beklagenswerter Unfall ereignet. Fräulein Else T., ein neunzehnjähriges bildschönes Mädchen, Tochter des bekannten Advokaten... Natürlich würde es heißen, ich hätte mich umgebracht aus unglücklicher Liebe oder weil ich in der Hoffnung war. Unglückliche Liebe, ah nein.

›Mein liebes Kind‹ – Ich will mir vor allem den Schluß anschaun. – ›Also nochmals, sei uns nicht böse, mein liebes gutes Kind und sei tausendmal‹ – Um Gottes willen, sie werden sich doch nicht umgebracht haben! Nein, – in dem Fall wär' ein Telegramm von Rudi da. – ›Mein liebes Kind, du kannst mir glauben, wie leid es mir tut, daß ich dir in deine schönen Ferialwochen‹ – Als wenn ich nicht immer Ferien hätt', leider – ›mit einer so unangenehmen Nachricht hineinplatze.‹ – Einen furchtbaren Stil schreibt Mama – ›Aber nach reiflicher Überlegung bleibt mir wirklich nichts anderes übrig. Also, kurz und gut, die Sache mit Papa ist akut geworden. Ich weiß mir nicht zu raten, noch zu helfen.‹ – Wozu die vielen Worte? – ›Es handelt sich um eine verhältnismäßig lächerliche Summe – dreißigtausend Gulden‹, lächerlich? – ›die in drei Tagen herbeigeschafft sein müssen, sonst ist alles verloren.‹ – Um Gottes willen, was heißt das? –

– 14 –

›Denk dir, mein geliebtes Kind, daß der Baron Höning‹, – wie, der Staatsanwalt? – ›sich heut' früh den Papa hat kommen lassen. Du weißt ja, wie der Baron den Papa hochschätzt, ja geradezu liebt. Vor anderthalb Jahren, damals, wie es auch an einem Haar gehangen hat, hat er persönlich mit den Hauptgläubigern gesprochen und die Sache noch im letzten Moment in Ordnung gebracht. Aber diesmal ist absolut nichts zu machen, wenn das Geld nicht beschafft wird. Und abgesehen davon, daß wir alle ruiniert sind, wird es ein Skandal, wie er noch nicht da war. Denk' dir, ein Advokat, ein berühmter Advokat, – der, – nein, ich kann es gar nicht niederschreiben. Ich kämpfe immer mit den Tränen. Du weißt ja, Kind, du bist ja klug, wir waren ja, Gott sei's geklagt, schon ein paar Mal in einer ähnlichen Situation und die Familie hat immer herausgeholfen. Zuletzt hat es sich gar um hundertzwanzigtausend gehandelt. Aber damals hat der Papa einen Revers unterschreiben müssen, daß er niemals wieder an die Verwandten, speziell an den Onkel Bernhard, herantreten wird.‹ – Na weiter, weiter, wo will denn das hin? Was kann denn ich dabei tun? – ›Der Einzige, an den man eventuell noch denken könnte, wäre der Onkel Viktor, der befindet sich aber unglücklicherweise auf einer Reise zum Nordkap oder nach Schottland‹ – Ja, der hat's gut, der ekelhafte Kerl – ›und ist absolut unerreichbar, wenigstens für den Moment. An die Kollegen, speziell Dr. Sch., der Papa schon öfter ausgeholfen hat‹ – Herrgott, wie stehn wir da – ›ist nicht mehr zu denken, seit er sich wieder verheiratet hat‹ – also was denn, was denn, was wollt ihr denn von mir? – ›Und da ist nun dein Brief gekommen, mein liebes Kind, wo du unter andern Dorsday erwähnst, der sich auch im Fratazza aufhält, und das ist uns wie ein Schicksalswink erschienen. Du weißt ja, wie oft Dorsday in früheren Jahren zu uns gekommen ist‹ – na, gar so oft – ›es ist der reine Zufall, daß er sich seit zwei, drei Jahren seltener blicken läßt; er soll in ziemlich festen Banden sein – unter uns, nichts sehr Feines‹ – warum ›unter uns?‹ – ›Im Residenzklub hat Papa jeden Donnerstag noch immer seine Whistpartie mit ihm, und im verflossenen Winter hat er ihm im Prozeß gegen einen andern Kunsthändler ein hübsches

Stück Geld gerettet. Im übrigen, warum sollst du es nicht wissen, er ist schon früher einmal dem Papa beigesprungen.‹ – Hab’ ich mir gedacht – ›Es hat sich damals um eine Bagatelle gehandelt, achttausend Gulden, – aber schließlich – dreißig bedeuten für Dorsday auch keinen Betrag. Darum hab’ ich mir gedacht, ob du uns nicht die Liebe erweisen und mit Dorsday reden könntest‹ – Was? – ›Dich hat er ja immer besonders gern gehabt‹ – Hab’ nichts davon gemerkt. Die Wange hat er mir gestreichelt, wie ich zwölf oder dreizehn Jahre alt war. ›Schon ein ganzes Fräulein.‹ – ›Und da Papa seit den achttausend glücklicherweise nicht mehr an ihn herangetreten ist, so wird er ihm diesen Liebesdienst nicht verweigern. Neulich soll er an einem Rubens, den er nach Amerika verkauft hat, allein achtzigtausend verdient haben. Das darfst du selbstverständlich nicht erwähnen.‹ – Hältst du mich für eine Gans, Mama? – ›Aber im übrigen kannst du ganz aufrichtig zu ihm reden. Auch, daß der Baron Höning sich den Papa hat kommen lassen, kannst du erwähnen, wenn es sich so ergeben sollte. Und daß mit den dreißigtausend tatsächlich das Schlimmste abgewendet ist, nicht nur für den Moment, sondern, so Gott will, für immer.‹ – Glaubst du wirklich, Mama? – ›Denn der Prozeß Erbesheimer, der glänzend steht, trägt dem Papa sicher hunderttausend, aber selbstverständlich kann er gerade in diesem Stadium von den Erbesheimers nichts verlangen. Also, ich bitte dich, Kind, sprich mit Dorsday. Ich versichere dich, es ist nichts dabei. Papa hätte ihm ja einfach telegraphieren können, wir haben es ernstlich überlegt, aber es ist doch etwas ganz anderes, Kind, wenn man mit einem Menschen persönlich spricht. Am sechsten um zwölf muß das Geld da sein, Doktor F.‹ – Wer ist Doktor F.? Ach ja, Fiala – ›ist unerbittlich. Natürlich ist da auch persönliche Rancune dabei. Aber da es sich unglücklicherweise um Mündelgelder handelt‹ – Um Gottes willen! Papa, was hast du getan? – ›kann man nichts machen. Und wenn das Geld am fünften um zwölf Uhr mittags nicht in Fialas Händen ist, wird der Haftbefehl erlassen, vielmehr so lange hält der Baron Höning ihn noch zurück. Also Dorsday müßte die Summe telegraphisch durch seine Bank an Doktor F. überwei-

– 16 –

sen lassen. Dann sind wir gerettet. Im andern Fall weiß Gott was geschieht. Glaub' mir, du vergibst dir nicht das Geringste, mein geliebtes Kind. Papa hatte ja anfangs Bedenken gehabt. Er hat sogar noch Versuche gemacht auf zwei verschiedenen Seiten. Aber er ist ganz verzweifelt nach Hause gekommen.‹ – Kann Papa überhaupt verzweifelt sein? – ›Vielleicht nicht einmal so sehr wegen des Geldes, als darum, weil die Leute sich so schändlich gegen ihn benehmen. Der eine von ihnen war einmal Papas bester Freund. Du kannst dir denken, wen ich meine.‹ – Ich kann mir gar nichts denken. Papa hat so viel beste Freunde gehabt und in Wirklichkeit keinen. Warnsdorf vielleicht? – ›Um ein Uhr ist Papa nach Hause gekommen, und jetzt ist es vier Uhr früh. Jetzt schläft er endlich, Gott sei Dank.‹ – Wenn er lieber nicht aufwachte, das wär' das beste für ihn. – ›Ich gebe den Brief in aller früh selbst auf die Post, expreß, da mußt du ihn vormittag am dritten haben.‹ – Wie hat sich Mama das vorgestellt? Sie kennt sich doch in diesen Dingen nie aus. – ›Also sprich sofort mit Dorsday, ich beschwöre dich und telegraphiere sofort, wie es ausgefallen ist. Vor Tante Emma laß dir um Gottes willen nichts merken, es ist ja traurig genug, daß man sich in einem solchen Fall an die eigene Schwester nicht wenden kann, aber da könnte man ja ebensogut zu einem Stein reden. Mein liebes, liebes Kind, mir tut es ja so leid, daß du in deinen jungen Jahren solche Dinge mitmachen mußt, aber glaub' mir, der Papa ist zum geringsten Teil selber daran schuld.‹ – Wer denn, Mama? – ›Nun, hoffen wir zu Gott, daß der Prozeß Erbesheimer in jeder Hinsicht einen Abschnitt in unserer Existenz bedeutet. Nur über diese paar Wochen müssen wir hinaus sein. Es wäre doch ein wahrer Hohn, wenn wegen der dreißigtausend Gulden ein Unglück geschähe?‹ – Sie meint doch nicht im Ernst, daß Papa sich selber... Aber wäre – das andere nicht noch schlimmer? – ›Nun schließe ich, mein Kind, ich hoffe, du wirst unter allen Umständen‹ – Unter allen Umständen? – ›noch über die Feiertage, wenigstens bis neunten oder zehnten in San Martino bleiben können. Unseretwegen mußt du keineswegs zurück. Grüße die Tante, sei nur weiter nett mit ihr. Also nochmals, sei uns nicht böse, mein liebes gutes Kind, und sei tausendmal‹ – ja, das weiß ich schon.

Also, ich soll Herrn Dorsday anpumpen... Irrsinnig. Wie stellt sich Mama das vor? Warum hat sich Papa nicht einfach auf die Bahn gesetzt und ist hergefahren? – Wär' grad' so geschwind gegangen wie der Expreßbrief. Aber vielleicht hätten sie ihn auf dem Bahnhof wegen Fluchtverdacht – – Furchtbar, furchtbar! Auch mit den dreißigtausend wird uns ja nicht geholfen sein. Immer diese Geschichten! Seit sieben Jahren! Nein – länger. Wer möcht' mir das ansehen? Niemand sieht mir was an, auch dem Papa nicht. Und doch wissen es alle Leute. Rätselhaft, daß wir uns immer noch halten. Wie man alles gewöhnt! Dabei leben wir eigentlich ganz gut. Mama ist wirklich eine Künstlerin. Das Souper am letzten Neujahrstag für vierzehn Personen – unbegreiflich. Aber dafür meine zwei Paar Ballhandschuhe, die waren eine Affäre. Und wie der Rudi neulich dreihundert Gulden gebraucht hat, da hat die Mama beinah' geweint. Und der Papa ist dabei immer gut aufgelegt. Immer? Nein. O nein. In der Oper neulich bei Figaro sein Blick, – plötzlich ganz leer – ich bin erschrocken. Da war er wie ein ganz anderer Mensch. Aber dann haben wir im Grand Hotel soupiert und er war so glänzend aufgelegt wie nur je.

Und da halte ich den Brief in der Hand. Der Brief ist ja irrsinnig. Ich soll mit Dorsday sprechen? Zu Tod' würde ich mich schämen. – – Schämen, ich mich? Warum? Ich bin ja nicht schuld. – Wenn ich doch mit Tante Emma spräche? Unsinn. Sie hat wahrscheinlich gar nicht so viel Geld zur Verfügung. Der Onkel ist ja ein Geizkragen. Ach Gott, warum habe ich kein Geld? Warum hab' ich mir noch nichts verdient? Warum habe ich nichts gelernt? O, ich habe was gelernt! Wer darf sagen, daß ich nichts gelernt habe? Ich spiele Klavier, ich kann Französisch, Englisch, auch ein bißl Italienisch, habe kunstgeschichtliche Vorlesungen besucht – Haha! Und wenn ich schon was Gescheiteres gelernt hätte, was hülfe es mir? Dreißigtausend Gulden hätte ich mir keineswegs erspart. – –

Aus ist es mit dem Alpenglühen. Der Abend ist nicht mehr

– 18 –

wunderbar. Traurig ist die Gegend. Nein, nicht die Gegend, aber das Leben ist traurig. Und ich sitz' da ruhig auf dem Fensterbrett. Und der Papa soll eingesperrt werden. Nein. Nie und nimmer. Es darf nicht sein. Ich werde ihn retten. Ja, Papa, ich werde dich retten. Es ist ja ganz einfach. Ein paar Worte ganz nonchalant, das ist ja mein Fall, ›hochgemut‹, – haha, ich werde Herrn Dorsday behandeln, als wenn es eine Ehre für ihn wäre, uns Geld zu leihen. Es ist ja auch eine. – Herr von Dorsday, haben Sie vielleicht einen Moment Zeit für mich? Ich bekomme da eben einen Brief von Mama, sie ist in augenblicklicher Verlegenheit, – vielmehr der Papa – – ›Aber selbstverständlich, mein Fräulein, mit dem größten Vergnügen. Um wieviel handelt es sich denn?‹ – Wenn er mir nur nicht so unsympathisch wäre. Auch die Art, wie er mich ansieht. Nein, Herr Dorsday, ich glaube Ihnen Ihre Eleganz nicht und nicht Ihr Monokel und nicht Ihre Noblesse. Sie könnten ebensogut mit alten Kleidern handeln wie mit alten Bildern. – Aber Else! Else, was fällt dir denn ein. – O, ich kann mir das erlauben. Mir sieht's niemand an. Ich bin sogar blond, rötlichblond, und Rudi sieht absolut aus wie ein Aristokrat. Bei der Mama merkt man es freilich gleich, wenigstens im Reden. Beim Papa wieder gar nicht. Übrigens sollen sie es merken. Ich verleugne es durchaus nicht und Rudi erst recht nicht. Im Gegenteil. Was täte der Rudi, wenn der Papa eingesperrt würde? Würde er sich erschießen? Aber Unsinn! Erschießen und Kriminal, all die Sachen gibt's ja gar nicht, die stehn nur in der Zeitung.

Die Luft ist wie Champagner. In einer Stunde ist das Diner, das ›Dinner‹. Ich kann die Cissy nicht leiden. Um ihr Mäderl kümmert sie sich überhaupt nicht. Was zieh' ich an? Das Blaue oder das Schwarze? Heut' wär vielleicht das Schwarze richtiger. Zu dekolletiert? Toilette de circonstance heißt es in den französischen Romanen. Jedenfalls muß ich berückend aussehen, wenn ich mit Dorsday rede. Nach dem Dinner, nonchalant. Seine Augen werden sich in meinen Ausschnitt bohren. Widerlicher Kerl. Ich hasse ihn. Alle Menschen hasse ich. Muß es gerade Dorsday sein? Gibt es denn wirklich nur diesen Dorsday auf der

– 19 –

Welt, der dreißigtausend Gulden hat? Wenn ich mit Paul spräche? Wenn er der Tante sagte, er hat Spielschulden, – da würde sie sich das Geld sicher verschaffen können. –

Beinah schon dunkel. Nacht, Grabesnacht. Am liebsten möcht' ich tot sein. – Es ist ja gar nicht wahr. Wenn ich jetzt gleich hinunterginge, Dorsday noch vor dem Diner spräche? Ah, wie entsetzlich! – Paul, wenn du mir die dreißigtausend verschaffst, kannst du von mir haben, was du willst. Das ist ja schon wieder aus einem Roman. Die edle Tochter verkauft sich für den geliebten Vater, und hat am End' noch ein Vergnügen davon. Pfui Teufel! Nein, Paul, auch für dreißigtausend kannst du von mir nichts haben. Niemand. Aber für eine Million? – Für ein Palais? Für eine Perlenschnur? Wenn ich einmal heirate, werde ich es wahrscheinlich billiger tun. Ist es denn gar so schlimm? Die Fanny hat sich am Ende auch verkauft. Sie hat mir selber gesagt, daß sie sich vor ihrem Manne graust. Nun, wie wär's, Papa, wenn ich mich heute Abend versteigerte? Um dich vor dem Zuchthaus zu retten. Sensation –! Ich habe Fieber, ganz gewiß. Oder bin ich schon unwohl? Nein, Fieber habe ich. Vielleicht von der Luft. Wie Champagner. – Wenn Fred hier wäre, könnte er mir raten? Ich brauche keinen Rat. Es gibt ja auch nichts zu raten. Ich werde mit Herrn Dorsday aus Eperies sprechen, werde ihn anpumpen, ich die Hochgemute, die Aristokratin, die Marchesa, die Bettlerin, die Tochter des Defraudanten. Wie komm' ich dazu? Wie komm' ich dazu? Keine klettert so gut wie ich, keine hat so viel Schneid, – sporting girl, in England hätte ich auf die Welt kommen sollen, oder als Gräfin.

Da hängen die Kleider im Kasten! Ist das grüne Loden überhaupt schon bezahlt, Mama? Ich glaube nur eine Anzahlung. Das Schwarze zieh' ich an. Sie haben mich gestern alle angestarrt. Auch der blasse kleine Herr mit dem goldenen Zwicker. Schön bin ich eigentlich nicht, aber interessant. Zur Bühne hätte ich gehen sollen. Bertha hat schon drei Liebhaber, keiner nimmt es ihr übel... In Düsseldorf war es der Direktor. Mit einem verheirateten Manne war sie in Hamburg und hat im Atlantic gewohnt, Appartement mit Badezimmer. Ich glaub' gar, sie ist stolz darauf. Dumm sind sie alle. Ich werde hundert Geliebte haben, tausend, warum nicht? Der Ausschnitt ist nicht tief genug; wenn ich verheiratet wäre, dürfte er tiefer sein. – Gut, daß ich Sie treffe, Herr von Dorsday, ich bekomme da eben einen Brief aus Wien... Den Brief stecke ich für alle Fälle zu mir. Soll ich dem Stubenmädchen läuten? Nein, ich mache mich allein fertig. Zu dem schwarzen Kleid brauche ich niemanden. Wäre ich reich, würde ich nie ohne Kammerjungfer reisen.

Ich muß Licht machen. Kühl wird es. Fenster zu. Vorhang herunter? – Überflüssig. Steht keiner auf dem Berg drüben mit einem Fernrohr. Schade. – Ich bekomme da eben einen Brief, Herr von Dorsday. – Nach dem Dinner wäre es doch vielleicht besser. Man ist in leichterer Stimmung. Auch Dorsday – ich könnt' ja ein Glas Wein vorher trinken. Aber wenn die Sache vor dem Dinner abgetan wäre, würde mir das Essen besser schmekken. Pudding à la merveille, fromage et fruits divers. Und wenn Herr von Dorsday Nein sagt? – Oder wenn er gar frech wird? Ah nein, mit mir ist noch keiner frech gewesen. Das heißt, der Marineleutnant Brandl, aber es war nicht bös gemeint. – Ich bin wieder etwas schlanker geworden. Das steht mir gut. – Die Dämmerung starrt herein. Wie ein Gespenst starrt sie herein. Wie hundert Gespenster. Aus meiner Wiese herauf steigen die Gespenster. Wie weit ist Wien? Wie lange bin ich schon fort? Wie allein bin ich da! Ich habe keine Freundin, ich habe auch keinen Freund. Wo sind sie alle? Wen werd' ich heiraten? Wer heiratet die Tochter eines Defraudanten? – Eben erhalte ich einen Brief, Herr von Dorsday. – ›Aber es ist doch gar nicht der Rede wert, Fräulein Else, gestern erst habe ich einen Rembrandt verkauft, Sie beschämen mich, Fräulein Else.‹ Und jetzt reißt er ein Blatt aus seinem Scheckbuch und unterschreibt mit seiner goldenen Füllfeder; und morgen früh fahr' ich mit dem Scheck nach Wien. Jedesfalls; auch ohne Scheck. Ich bleibe nicht mehr hier. Ich könnte ja gar nicht, ich dürfte ja gar nicht. Ich lebe hier als elegante junge Dame und Papa steht mit einem Fuß im Grab – nein im Kriminal. Das vorletzte Paar Seidenstrümpfe. Den kleinen Riß grad unterm Knie merkt niemand. Niemand? Wer weiß.

Nicht frivol sein, Else. – Bertha ist einfach ein Luder. Aber ist die Christine um ein Haar besser? Ihr künftiger Mann kann sich freuen. Mama war gewiß immer eine treue Gattin. Ich werde nicht treu sein. Ich bin hochgemut, aber ich werde nicht treu sein. Die Filous sind mir gefährlich. Die Marchesa hat gewiß einen Filou zum Liebhaber. Wenn Fred mich wirklich kennte, dann wäre es aus mit seiner Verehrung. – ›Aus Ihnen hätte alles Mögliche werden können, Fräulein, eine Pianistin, eine Buchhalterin, eine Schauspielerin, es stecken so viele Möglichkeiten in Ihnen. Aber es ist Ihnen immer zu gut gegangen.‹ Zu gut gegangen. Haha. Fred überschätzt mich. Ich hab' ja eigentlich zu nichts Talent. – Wer weiß? So weit wie Bertha hätte ich es auch noch gebracht. Aber mir fehlt es an Energie. Junge Dame aus guter Familie. Ha, gute Familie. Der Vater veruntreut Mündelgelder. Warum tust du mir das an, Papa? Wenn du noch etwas davon hättest! Aber an der Börse verspielt! Ist das der Mühe wert? Und die dreißigtausend werden dir auch nichts helfen. Für ein Vierteljahr vielleicht. Endlich wird er doch durchgehen müssen. Vor anderthalb Jahren war es ja fast schon soweit. Da kam noch Hilfe. Aber einmal wird sie nicht kommen – und was geschieht dann mit uns? Rudi wird nach Rotterdam gehen zu Vanderhulst in die Bank. Aber ich? Reiche Partie. O, wenn ich es darauf anlegte! Ich bin heute wirklich schön. Das macht wahrscheinlich die Aufregung. Für wen bin ich schön? Wäre ich froher, wenn Fred hier wäre? Ach Fred ist im Grunde nichts für mich. Kein Filou! Aber ich nähme ihn, wenn er Geld hätte. Und dann käme ein Filou – und das Malheur wäre fertig. – Sie möchten wohl gern ein Filou sein, Herr von Dorsday? – Von weitem sehen Sie manchmal auch so aus. Wie ein verlebter Vicomte, wie ein Don Juan – mit Ihrem blöden Monocle und Ihrem weißen Flanellanzug. Aber ein Filou sind Sie noch lange nicht. – Habe ich alles? Fertig zum ›Dinner‹? – Was tue ich aber eine Stunde lang, wenn ich Dorsday nicht treffe? Wenn er mit der unglücklichen Frau Winawer spazieren geht? Ach, sie ist gar nicht unglücklich, sie braucht keine dreißigtausend Gulden. Also ich werde mich in die Halle setzen, großartig in einen Fauteuil, schau mir die ›Illustrated News‹ an und die ›Vie parisienne‹, schlage die Beine übereinander, – den Riß unter dem Knie wird man nicht sehen. Vielleicht ist gerade ein Milliardär angekommen. – Sie oder keine. – Ich nehme den weißen Schal, der steht mir gut. Ganz ungezwungen lege ich ihn um meine herrlichen Schultern. Für wen habe ich sie denn, die herrlichen Schultern? Ich könnte einen Mann sehr glücklich machen. Wäre nur der rechte Mann da. Aber Kind will ich keines haben. Ich bin nicht mütterlich. Marie Weil ist mütterlich. Mama ist mütterlich, Tante Irene ist mütterlich. Ich habe eine edle Stirn und eine schöne Figur. – ›Wenn ich Sie malen dürfte, wie ich wollte, Fräulein Else.‹ – Ja, das möchte Ihnen passen. Ich weiß nicht einmal seinen Namen mehr. Tizian hat er keineswegs geheißen, also war es eine Frechheit. – Eben erhalte ich einen Brief, Herr von Dorsday. – Noch etwas Puder auf den Nacken und Hals, einen Tropfen Verveine ins Taschentuch, Kasten zusperren, Fenster wieder auf, ah, wie wunderbar! Zum Weinen. Ich bin nervös. Ach, soll man nicht unter solchen Umständen nervös sein. Die Schachtel mit dem Veronal hab' ich bei den Hemden. Auch neue Hemden brauchte ich. Das wird wieder eine Affäre sein. Ach Gott.

Unheimlich, riesig der Cimone, als wenn er auf mich herunterfallen wollte! Noch kein Stern am Himmel. Die Luft ist wie Champagner. Und der Duft von den Wiesen! Ich werde auf dem Land leben. Einen Gutsbesitzer werde ich heiraten und Kinder werde ich haben. Doktor Froriep war vielleicht der Einzige, mit dem ich glücklich geworden wäre. Wie schön waren die beiden Abende hintereinander, der erste bei Kniep, und dann der auf dem Künstlerball. Warum ist er plötzlich verschwunden – wenigstens für mich? Wegen Papa vielleicht? Wahrscheinlich. Ich möchte einen Gruß in die Luft hinausrufen, ehe ich wieder hinuntersteige unter das Gesindel. Aber zu wem soll der Gruß gehen? Ich bin ja ganz allein. Ich bin ja so furchtbar allein, wie es sich niemand vorstellen kann. Sei gegrüßt, mein Geliebter. Wer? Sei gegrüßt, mein Bräutigam! Wer? Sei gegrüßt, mein Freund! Wer? – Fred? – Aber keine Spur. So, das Fenster bleibt offen.

Wenn's auch kühl wird. Licht abdrehen. So. – Ja richtig, den Brief. Ich muß ihn zu mir nehmen für alle Fälle. Das Buch aufs Nachtkastel, ich lese heut' nacht noch weiter in ›Notre Coeur‹, unbedingt, was immer geschieht. Guten Abend, schönstes Fräulein im Spiegel, behalten Sie mich in gutem Angedenken, auf Wiedersehen...

Warum sperre ich die Tür zu? Hier wird nichts gestohlen. Ob Cissy in der Nacht ihre Türe offen läßt? Oder sperrt sie ihm erst auf, wenn er klopft? Ist es denn ganz sicher? Aber natürlich. Dann liegen sie zusammen im Bett. Unappetitlich. Ich werde kein gemeinsames Schlafzimmer haben mit meinem Mann und mit meinen tausend Geliebten. – Leer ist das ganze Stiegenhaus! Immer um diese Zeit. Meine Schritte hallen. Drei Wochen bin ich jetzt da. Am zwölften August bin ich von Gmunden abgereist. Gmunden war langweilig. Woher hat der Papa das Geld gehabt, Mama und mich aufs Land zu schicken? Und Rudi war sogar vier Wochen auf Reisen. Weiß Gott wo. Nicht zweimal hat er geschrieben in der Zeit. Nie werde ich unsere Existenz verstehen. Schmuck hat die Mama freilich keinen mehr. – Warum war Fred nur zwei Tage in Gmunden? Hat sicher auch eine Geliebte! Vorstellen kann ich es mir zwar nicht. Ich kann mir überhaupt gar nichts vorstellen. Acht Tage sind es, daß er mir nicht geschrieben hat. Er schreibt schöne Briefe. – Wer sitzt denn dort an dem kleinen Tisch? Nein, Dorsday ist es nicht. Gott sei Dank. Jetzt vor dem Diner wäre es doch unmöglich, ihm etwas zu sagen. – Warum schaut mich der Portier so merkwürdig an? Hat er am Ende den Expreßbrief von der Mama gelesen? Mir scheint, ich bin verrückt. Ich muß ihm nächstens wieder ein Trinkgeld geben. – Die Blonde da ist auch schon zum Diner angezogen. Wie kann man so dick sein! – Ich werde noch vors Hotel hinaus und ein bißchen auf und abgehen. Oder ins Musikzimmer? Spielt da nicht wer? Eine Beethovensonate! Wie kann man hier eine Beethovensonate spielen! Ich vernachlässige mein Klavierspiel. In Wien werde ich wieder regelmäßig üben. Überhaupt ein anderes Leben anfangen. Das müssen wir alle. So darf es nicht weitergehen. Ich werde einmal ernsthaft mit Papa sprechen – wenn noch Zeit dazu sein sollte. Es wird, es wird. Warum habe ich es noch nie getan? Alles in unserem Haus wird mit Scherzen erledigt, und keinem ist scherzhaft zumut. Jeder hat eigentlich Angst vor dem andern, jeder ist allein. Die Mama ist allein, weil sie nicht gescheit genug ist und von niemandem was weiß, nicht von mir, nicht von Rudi und nicht vom Papa. Aber sie spürt es nicht und Rudi spürt es auch nicht. Er ist ja ein netter eleganter Kerl, aber mit einundzwanzig hat er mehr versprochen. Es wird gut für ihn sein, wenn er nach Holland geht. Aber wo werde ich hingehen? Ich möchte fortreisen und tun können was ich will. Wenn Papa nach Amerika durchgeht, begleite ich ihn. Ich bin schon ganz konfus... Der Portier wird mich für wahnsinnig halten, wie ich da auf der Lehne sitze und in die Luft starre. Ich werde mir eine Zigarette anzünden. Wo ist meine Zigarettendose? Oben. Wo nur? Das Veronal habe ich bei der Wäsche. Aber wo habe ich die Dose? Da kommen Cissy und Paul. Ja, sie muß sich endlich umkleiden zum ›Dinner‹, sonst hätten sie noch im Dunkeln weitergespielt. – Sie sehen mich nicht. Was sagt er ihr denn? Warum lacht sie so blitzdumm? Wär' lustig, ihrem Gatten einen anonymen Brief nach Wien zu schreiben. Wäre ich so was imstande? Nie. Wer weiß? Jetzt haben sie mich gesehen. Ich nicke ihnen zu. Sie ärgert sich, daß ich so hübsch aussehe. Wie verlegen sie ist.

»*Wie, Else, Sie sind schon fertig zum Diner?*« – Warum sagt sie jetzt Diner und nicht Dinner. Nicht einmal konsequent ist sie. – »Wie Sie sehen, Frau Cissy.« – »*Du siehst wirklich entzückend aus, Else, ich hätte große Lust, dir den Hof zu machen.*« – »Erspar' dir die Mühe, Paul, gib mir lieber eine Zigarette.« – »*Aber mit Wonne.*« – »Dank' schön. Wie ist das Single ausgefallen?« – »*Frau Cissy hat mich dreimal hintereinander geschlagen.*« – »*Er war nämlich zerstreut. Wissen Sie übrigens, Else, daß morgen der Kronprinz von Griechenland hier ankommt?*« – Was kümmert mich der Kronprinz von Griechenland? »So wirklich?« O Gott, – Dorsday mit Frau Winawer! Sie grüßen. Sie gehen weiter. Ich habe zu höflich zurückgegrüßt. Ja, ganz anders als sonst. O, was bin ich für eine Person. – »*Deine Zigarette brennt ja nicht, Else?*« – »Also, gib mir

– 25 –

noch einmal Feuer. Danke.« – »*Ihr Schal ist sehr hübsch, Else, zu dem schwarzen Kleid steht er Ihnen fabelhaft. Übrigens muß ich mich jetzt auch umziehen.*« – Sie soll lieber nicht weggehen, ich habe Angst vor Dorsday. – »*Und für sieben habe ich mir die Friseurin bestellt, sie ist famos. Im Winter ist sie in Mailand. Also adieu, Else, adieu, Paul.*« – »*Küss' die Hand, gnädige Frau.*« – »Adieu, Frau Cissy.« – Fort ist sie. Gut, daß Paul wenigstens da bleibt. »*Darf ich mich einen Moment zu dir setzen, Else, oder stör' ich dich in deinen Träumen?*« – »Warum in meinen Träumen? Vielleicht in meinen Wirklichkeiten.« Das heißt eigentlich gar nichts. Er soll lieber fortgehen. Ich muß ja doch mit Dorsday sprechen. Dort steht er noch immer mit der unglücklichen Frau Winawer, er langweilt sich, ich seh' es ihm an, er möchte zu mir herüberkommen. – »*Gibt es denn solche Wirklichkeiten, in denen du nicht gestört sein willst?*« – Was sagt er da? Er soll zum Teufel gehen. Warum lächle ich ihn so kokett an? Ich mein' ihn ja gar nicht. Dorsday schielt herüber. Wo bin ich? Wo bin ich? »*Was hast du denn heute, Else?*« – »Was soll ich denn haben?« – »*Du bist geheimnisvoll, dämonisch, verführerisch.*« – »Red' keinen Unsinn, Paul.« – »*Man könnte geradezu toll werden, wenn man dich ansieht.*« – Was fällt ihm denn ein? Wie redet er denn zu mir? Hübsch ist er. Der Rauch meiner Zigarette verfängt sich in seinen Haaren. Aber ich kann ihn jetzt nicht brauchen. – »*Du siehst so über mich hinweg. Warum denn, Else?*« – Ich antworte gar nichts. Ich kann ihn jetzt nicht brauchen. Ich mache mein unausstehliches Gesicht. Nur keine Konversation jetzt. – »*Du bist mit deinen Gedanken ganz woanders.*« – »Das dürfte stimmen.« Er ist Luft für mich. Merkt Dorsday, daß ich ihn erwarte? Ich sehe nicht hin, aber ich weiß, daß er hersieht. – »*Also, leb' wohl, Else.*« – Gott sei Dank. Er küßt mir die Hand. Das tut er sonst nie. »Adieu, Paul.« Wo hab' ich die schmelzende Stimme her? Er geht, der Schwindler. Wahrscheinlich muß er noch etwas abmachen mit Cissy wegen heute nacht. Wünsche viel Vergnügen. Ich ziehe den Schal um meine Schulter und stehe auf und geh' vors Hotel hinaus. Wird freilich schon etwas kühl sein. Schad', daß ich meinen Mantel – Ah, ich habe ihn ja heute früh in die Portierloge hineingehängt. Ich fühle den Blick von Dorsday auf meinem Nacken, durch den Schal. Frau Winawer geht jetzt hinauf in ihr Zimmer. Wieso weiß ich denn das? Telepathie. »Ich bitte Sie, Herr Portier –« – »*Fräulein wünschen den Mantel?*« – »Ja, bitte.« – »*Schon etwas kühl die Abende, Fräulein. Das kommt bei uns so plötzlich.*« – »Danke.« Soll ich wirklich vors Hotel? Gewiß, was denn? Jedesfalls zur Türe hin. Jetzt kommt einer nach dem andern. Der Herr mit dem goldenen Zwicker. Der lange Blonde mit der grünen Weste. Alle sehen sie mich an. Hübsch ist diese kleine Genferin. Nein, aus Lausanne ist sie. Es ist eigentlich gar nicht so kühl.

»*Guten Abend, Fräulein Else.*« – Um Gottes willen, er ist es. Ich sage nichts von Papa. Kein Wort. Erst nach dem Essen. Oder ich reise morgen nach Wien. Ich gehe persönlich zu Doktor Fiala. Warum ist mir das nicht gleich eingefallen? Ich wende mich um mit einem Gesicht, als wüßte ich nicht, wer hinter mir steht. »Ah, Herr von Dorsday.« – »*Sie wollen noch einen Spaziergang machen, Fräulein Else?*« – »Ach, nicht gerade einen Spaziergang, ein bißchen auf und abgehen vor dem Diner.« – »*Es ist fast noch eine Stunde bis dahin.*« – »Wirklich?« Es ist gar nicht so kühl. Blau sind die Berge. Lustig wär's, wenn er plötzlich um meine Hand anhielte. – »*Es gibt doch auf der Welt keinen schöneren Fleck als diesen hier.*« – »Finden Sie, Herr von Dorsday? Aber bitte, sagen Sie nicht, daß die Luft hier wie Champagner ist.« – »*Nein, Fräulein Else, das sage ich erst von zweitausend Metern an. Und hier stehen wir kaum sechzehnhundertfünfzig über dem Meeresspiegel.*« – »Macht das einen solchen Unterschied?« – »*Aber selbstverständlich. Waren Sie schon einmal im Engadin?*« – »Nein, noch nie. Also dort ist die Luft wirklich wie Champagner?« – »*Man könnte es beinah' sagen. Aber Champagner ist nicht mein Lieblingsgetränk. Ich ziehe diese Gegend vor. Schon wegen der wundervollen Wälder.*« – Wie langweilig er ist. Merkt er das nicht? Er weiß offenbar nicht recht, was er mit mir reden soll. Mit einer verheirateten Frau wäre es einfacher. Man sagt eine kleine Unanständigkeit und die Konversation geht weiter. – »*Bleiben Sie noch längere Zeit hier in San Martino, Fräulein Else?*« – Idiotisch. Warum schau' ich ihn so kokett an? Und schon lächelt er in der gewissen Weise. Nein, wie dumm die Männer sind. »Das hängt zum Teil von den Disposi-tionen meiner Tante ab.« Ist ja gar nicht wahr. Ich kann ja allein nach Wien fahren. »Wahrscheinlich bis zum zehnten.« – »*Die Mama ist wohl noch in Gmunden?*« – »Nein, Herr von Dorsday. Sie ist schon in Wien. Schon seit drei Wochen. Papa ist auch in Wien. Er hat sich heuer kaum acht Tage Urlaub genommen. Ich glaube, der Prozeß Erbesheimer macht ihm sehr viel Arbeit.« – »*Das kann ich mir denken. Aber Ihr Papa ist wohl der Einzige, der Erbesheimer herausreißen kann . . . Es bedeutet ja schon einen Erfolg, daß es überhaupt eine Zivilsache geworden ist.*« – Das ist gut, das ist gut. »Es ist mir angenehm zu hören, daß auch Sie ein so günsti-ges Vorgefühl haben.« – »*Vorgefühl? Inwiefern?*« – »Ja, daß der Papa den Prozeß für Erbesheimer gewinnen wird.« – »*Das will ich nicht einmal mit Bestimmtheit behauptet haben.*« – Wie, weicht er schon zurück? Das soll ihm nicht gelingen. »O, ich halte etwas von Vorgefühlen und von Ahnungen. Denken Sie, Herr von Dorsday, gerade heute habe ich einen Brief von zu Hause be-kommen.« Das war nicht sehr geschickt. Er macht ein etwas verblüfftes Gesicht. Nur weiter, nicht schlucken. Er ist ein guter alter Freund von Papa. Vorwärts. Vorwärts. Jetzt oder nie. »Herr von Dorsday, Sie haben eben so lieb von Papa gespro-chen, es wäre geradezu häßlich von mir, wenn ich nicht ganz aufrichtig zu Ihnen wäre.« Was macht er denn für Kalbsaugen? O weh, er merkt was. Weiter, weiter. »Nämlich in dem Brief ist auch von Ihnen die Rede, Herr von Dorsday. Es ist nämlich ein Brief von Mama.« – »*So.*« – »Eigentlich ein sehr trauriger Brief. Sie kennen ja die Verhältnisse in unserem Haus, Herr von Dors-day.« – Um Himmels willen, ich habe ja Tränen in der Stimme. Vorwärts, vorwärts, jetzt gibt es kein Zurück mehr. Gott sei Dank. »Kurz und gut, Herr von Dorsday, wir wären wieder einmal soweit.« – Jetzt möchte er am liebsten verschwinden. »Es handelt sich – um eine Bagatelle. Wirklich nur um eine Ba-gatelle, Herr von Dorsday. Und doch, wie Mama schreibt, steht alles auf dem Spiel.« Ich rede so blöd' daher wie eine Kuh. – »*Aber beruhigen Sie sich doch, Fräulein Else.*« – Das hat er nett gesagt. Aber meinen Arm brauchte er darum nicht zu berühren.

– »*Also, was gibt's denn eigentlich, Fräulein Else? Was steht denn in dem traurigen Brief von Mama?*« – »Herr von Dorsday, der Papa« – Mir zittern die Knie. »Die Mama schreibt mir, daß der Papa« – »*Aber um Gottes willen, Else, was ist Ihnen denn? Wollen Sie nicht lieber – hier ist eine Bank. Darf ich Ihnen den Mantel umgeben? Es ist etwas kühl.*« – »Danke, Herr von Dorsday, o, es ist nichts, gar nichts besonderes.« So, da sitze ich nun plötzlich auf der Bank. Wer ist die Dame, die da vorüberkommt? Kenn' ich gar nicht. Wenn ich nur nicht weiterreden müßte. Wie er mich ansieht! Wie konntest du das von mir verlangen, Papa? Das war nicht recht von dir, Papa. Nun ist es einmal geschehen. Ich hätte bis nach dem Diner warten sollen. – »*Nun, Fräulein Else?*« – Sein Monokel baumelt. Dumm sieht das aus. Soll ich ihm antworten? Ich muß ja. Also geschwind, damit ich es hinter mir habe. Was kann mir denn passieren? Er ist ein Freund von Papa. »Ach Gott, Herr von Dorsday, Sie sind ja ein alter Freund unseres Hauses.« Das habe ich sehr gut gesagt. »Und es wird Sie wahrscheinlich nicht wundern, wenn ich Ihnen erzähle, daß Papa sich wieder einmal in einer recht fatalen Situation befindet.« Wie merkwürdig meine Stimme klingt. Bin das ich, die da redet? Träume ich vielleicht? Ich habe gewiß jetzt auch ein ganz anderes Gesicht als sonst. – »*Es wundert mich allerdings nicht übermäßig. Da haben Sie schon recht, liebes Fräulein Else, – wenn ich es auch lebhaft bedauere.*« – Warum sehe ich denn so flehend zu ihm auf? Lächeln, lächeln. Geht schon. – »*Ich empfinde für Ihren Papa eine so aufrichtige Freundschaft, für Sie alle.*« – Er soll mich nicht so ansehen, es ist unanständig. Ich will anders zu ihm reden und nicht lächeln. Ich muß mich würdiger benehmen. »Nun, Herr von Dorsday, jetzt hätten Sie Gelegenheit, Ihre Freundschaft für meinen Vater zu beweisen.« Gott sei Dank, ich habe meine alte Stimme wieder. »Es scheint nämlich, Herr von Dorsday, daß alle unsere Verwandten und Bekannten – die Mehrzahl ist noch nicht in Wien – sonst wäre Mama wohl nicht auf die Idee gekommen. – Neulich habe ich nämlich zufällig in einem Brief an Mama Ihrer Anwesenheit hier in Martino Erwähnung getan – unter anderm natürlich.« – »*Ich vermutete gleich, Fräulein Else, daß ich nicht das einzige Thema Ihrer Korrespondenz mit Mama vorstelle.«* – Warum drückt er seine Knie an meine, während er da vor mir steht. Ach, ich lasse es mir gefallen. Was tut's! Wenn man einmal so tief gesunken ist. – »Die Sache verhält sich nämlich so, Doktor Fiala ist es, der diesmal dem Papa besondere Schwierigkeiten zu bereiten scheint.« – »*Ach Doktor Fiala.*« – Er weiß offenbar auch, was er von diesem Fiala zu halten hat. »Ja, Doktor Fiala. Und die Summe, um die es sich handelt, soll am fünften, das ist übermorgen um zwölf Uhr Mittag, – vielmehr, sie muß in seinen Händen sein, wenn nicht der Baron Höning – ja, denken Sie, der Baron hat Papa zu sich bitten lassen, privat, er liebt ihn nämlich sehr.« Warum red' ich denn von Höning, das wär' ja gar nicht notwendig gewesen. – »*Sie wollen sagen, Else, daß andernfalls eine Verhaftung unausbleiblich wäre?*« – Warum sagt er das so hart? Ich antworte nicht, ich nicke nur. »Ja.« Nun habe ich doch ja gesagt. – »*Hm, das ist ja – schlimm, das ist ja wirklich sehr – dieser hochbegabte geniale Mensch. – Und um welchen Betrag handelt es sich denn eigentlich, Fräulein Else?*« – Warum lächelt er denn? Er findet es schlimm und er lächelt. Was meint er mit seinem Lächeln? Daß es gleichgültig ist wieviel? Und wenn er Nein sagt! Ich bring' mich um, wenn er Nein sagt. Also, ich soll die Summe nennen. »Wie, Herr von Dorsday, ich habe noch nicht gesagt, wieviel? Eine Million.« Warum sag' ich das? Es ist doch jetzt nicht der Moment zum Spaßen? Aber wenn ich ihm dann sage, um wieviel weniger es in Wirklichkeit ist, wird er sich freuen. Wie er die Augen aufreißt? Hält er es am Ende wirklich für möglich, daß ihn der Papa um eine Million – »Entschuldigen Sie, Herr von Dorsday, daß ich in diesem Augenblick scherze. Es ist mir wahrhaftig nicht scherzhaft zumute.« – Ja, ja, drück' die Knie nur an, du darfst es dir ja erlauben. »Es handelt sich natürlich nicht um eine Million, es handelt sich im ganzen um dreißigtausend Gulden, Herr von Dorsday, die bis übermorgen mittag um zwölf Uhr in den Händen des Herrn Doktor Fiala sein müssen. Ja. Mama schreibt mir, daß Papa alle möglichen Versuche gemacht hat, aber wie gesagt, die Verwandten, die in Betracht kämen, befinden sich nicht in Wien.« – O, Gott,

– 30 –

wie ich mich erniedrige. – »Sonst wäre es dem Papa natürlich nicht eingefallen, sich an Sie zu wenden, Herr von Dorsday, respektive mich zu bitten –« – Warum schweigt er? Warum bewegt er keine Miene? Warum sagt er nicht Ja? Wo ist das Scheckbuch und die Füllfeder? Er wird doch um Himmels willen nicht Nein sagen? Soll ich mich auf die Knie vor ihm werfen? O Gott! O Gott –

»*Am fünften sagten Sie, Fräulein Else?*« – Gott sei Dank, er spricht. »Jawohl übermorgen, Herr von Dorsday, um zwölf Uhr mittags. Es wäre also nötig – ich glaube, brieflich ließe sich das kaum mehr erledigen.« – »*Natürlich nicht, Fräulein Else, das müßten wir wohl auf telegraphischem Wege*« – ›Wir‹, das ist gut, das ist sehr gut. – »*Nun, das wäre das wenigste. Wieviel sagten Sie, Else?*« – Aber er hat es ja gehört, warum quält er mich denn? »Dreißigtausend, Herr von Dorsday. Eigentlich eine lächerliche Summe.« Warum habe ich das gesagt? Wie dumm. Aber er lächelt. Dummes Mädel, denkt er. Er lächelt ganz liebenswürdig. Papa ist gerettet. Er hätte ihm auch fünfzigtausend geliehen, und wir hätten uns allerlei anschaffen können. Ich hätte mir neue Hemden gekauft. Wie gemein ich bin. So wird man. – »*Nicht ganz so lächerlich, liebes Kind*« – Warum sagt er ›liebes Kind‹? Ist das gut oder schlecht? – »*wie Sie sich das vorstellen. Auch dreißigtausend Gulden wollen verdient sein.*« – »Entschuldigen Sie, Herr von Dorsday, nicht so habe ich es gemeint. Ich dachte nur, wie traurig es ist, daß Papa wegen einer solchen Summe, wegen einer solchen Bagatelle« – Ach Gott, ich verhasple mich ja schon wieder. »Sie können sich gar nicht denken, Herr von Dorsday, – wenn Sie auch einen gewissen Einblick in unsere Verhältnisse haben, wie furchtbar es für mich und besonders für Mama ist.« – Er stellt den einen Fuß auf die Bank. Soll das elegant sein – oder was? – »*O, ich kann mir schon denken, liebe Else.*« – Wie seine Stimme klingt, ganz anders, merkwürdig. – »*Und ich habe mir selbst schon manchesmal gedacht: schade, schade um diesen genialen Menschen.*« – Warum sagt er ›schade‹? Will er das Geld nicht hergeben? Nein, er meint es nur im allgemeinen. Warum sagt er nicht endlich Ja? Oder nimmt er das als selbstverständlich an?

Wie er mich ansieht! Warum spricht er nicht weiter? Ah, weil die zwei Ungarinnen vorbeigehen. Nun steht er wenigstens wieder anständig da, nicht mehr mit dem Fuß auf der Bank. Die Krawatte ist zu grell für einen älteren Herrn. Sucht ihm die seine Geliebte aus? Nichts besonders Feines ›unter uns‹, schreibt Mama. Dreißigtausend Gulden! Aber ich lächle ihn ja an. Warum lächle ich denn? O, ich bin feig. – »*Und wenn man wenigstens annehmen dürfte, mein liebes Fräulein Else, daß mit dieser Summe wirklich etwas getan wäre? Aber – Sie sind doch ein so kluges Geschöpf, Else, was wären diese dreißigtausend Gulden? Ein Tropfen auf einen heißen Stein.*« – Um Gottes willen, er will das Geld nicht hergeben? Ich darf kein so erschrockenes Gesicht machen. Alles steht auf dem Spiel. Jetzt muß ich etwas Vernünftiges sagen und energisch. »O nein, Herr von Dorsday, diesmal wäre es kein Tropfen auf einen heißen Stein. Der Prozeß Erbesheimer steht bevor, vergessen Sie das nicht, Herr von Dorsday, und der ist schon heute so gut wie gewonnen. Sie hatten ja selbst diese Empfindung, Herr von Dorsday. Und Papa hat auch noch andere Prozesse. Und außerdem habe ich die Absicht, Sie dürfen nicht lachen, Herr von Dorsday, mit Papa zu sprechen, sehr ernsthaft. Er hält etwas auf mich. Ich darf sagen, wenn jemand einen gewissen Einfluß auf ihn zu nehmen imstande ist, so bin es noch am ehesten ich.« – »*Sie sind ja ein rührendes, ein entzückendes Geschöpf, Fräulein Else.*« – Seine Stimme klingt schon wieder. Wie zuwider ist mir das, wenn es so zu klingen anfängt bei den Männern. Auch bei Fred mag ich es nicht. – »*Ein entzückendes Geschöpf in der Tat.*« – Warum sagt er ›in der Tat‹? Das ist abgeschmackt. Das sagt man doch nur im Burgtheater. »*Aber so gern ich Ihren Optimismus teilen möchte – wenn der Karren einmal so verfahren ist.*« – »Das ist er nicht, Herr von Dorsday. Wenn ich an Papa nicht glauben würde, wenn ich nicht ganz überzeugt wäre, daß diese dreißigtausend Gulden« – Ich weiß nicht, was ich weiter sagen soll. Ich kann ihn doch nicht geradezu anbetteln. Er überlegt. Offenbar. Vielleicht weiß er die Adresse von Fiala nicht? Unsinn. Die Situation ist unmöglich. Ich sitze da wie eine arme Sünderin. Er steht vor mir und bohrt mir das Monokel in die Stirn und schweigt. Ich werde jetzt aufstehen, das ist das beste. Ich lasse mich nicht so behandeln. Papa soll sich umbringen. Ich werde mich auch umbringen. Eine Schande dieses Leben. Am besten wär's, sich dort von dem Felsen hinunterzustürzen und aus wär's. Geschähe euch recht, allen. Ich stehe auf. – »Fräulein Else.« – »Entschuldigen Sie, Herr von Dorsday, daß ich Sie unter diesen Umständen überhaupt bemüht habe. Ich kann Ihr ablehnendes Verhalten natürlich vollkommen verstehen.« – So, aus, ich gehe. – »Bleiben Sie, Fräulein Else.« – Bleiben Sie, sagt er? Warum soll ich bleiben? Er gibt das Geld her. Ja. Ganz bestimmt. Er muß ja. Aber ich setze mich nicht noch einmal nieder. Ich bleibe stehen, als wär' es nur für eine halbe Sekunde. Ich bin ein bißchen größer als er. – »Sie haben meine Antwort noch nicht abgewartet, Else. Ich war ja schon einmal, verzeihen Sie, Else, daß ich das in diesem Zusammenhang erwähne« – Er müßte nicht so oft Else sagen – »in der Lage, dem Papa aus einer Verlegenheit zu helfen. Allerdings mit einer – noch lächerlicheren Summe als diesmal, und schmeichelte mir keineswegs mit der Hoffnung, diesen Betrag jemals wiedersehen zu dürfen, – und so wäre eigentlich kein Grund vorhanden, meine Hilfe diesmal zu verweigern. Und gar wenn ein junges Mädchen wie Sie, Else, wenn Sie selbst als Fürbitterin vor mich hintreten –« – Worauf will er hinaus? Seine Stimme ›klingt‹ nicht mehr. Oder anders! Wie sieht er mich denn an? Er soll achtgeben!! – »Also, Else, ich bin bereit – Doktor Fiala soll übermorgen um zwölf Uhr mittags die dreißigtausend Gulden haben – unter einer Bedingung« – Er soll nicht weiterreden, er soll nicht. »Herr von Dorsday, ich, ich persönlich übernehme die Garantie, daß mein Vater diese Summe zurückerstatten wird, sobald er das Honorar von Erbesheimer erhalten hat. Erbesheimers haben bisher überhaupt noch nichts gezahlt. Noch nicht einmal einen Vorschuß – Mama selbst schreibt mir« – »Lassen Sie doch, Else, man soll niemals eine Garantie für einen anderen Menschen übernehmen, – nicht einmal für sich selbst.« – Was will er? Seine Stimme klingt schon wieder. Nie hat mich ein Mensch so angeschaut. Ich ahne, wo er hinauswill. Wehe ihm! – »Hätte ich es vor einer Stunde für möglich gehalten, daß ich in einem solchen Falle überhaupt mir jemals einfallen

– 33 –

lassen würde, eine Bedingung zu stellen? Und nun tue ich es doch. Ja, Else, man ist eben nur ein Mann, und es ist nicht meine Schuld, daß Sie so schön sind, Else.« – Was will er? Was will er –? – »Vielleicht hätte ich heute oder morgen das Gleiche von Ihnen erbeten, was ich jetzt erbitten will, auch wenn Sie nicht eine Million, pardon – dreißigtausend Gulden von mir gewünscht hätten. Aber freilich, unter anderen Umständen hätten Sie mir wohl kaum Gelegenheit vergönnt, so lange Zeit unter vier Augen mit Ihnen zu reden.« – – »O, ich habe Sie wirklich allzu lange in Anspruch genommen, Herr von Dorsday.« Das habe ich gut gesagt. Fred wäre zufrieden. Was ist das? Er faßt nach meiner Hand? Was fällt ihm denn ein? – »Wissen Sie es denn nicht schon lange, Else?« – Er soll meine Hand loslassen! Nun, Gott sei Dank, er läßt sie los. Nicht so nah, nicht so nah. – »Sie müßten keine Frau sein, Else, wenn Sie es nicht gemerkt hätten. Je vous désire.« – Er hätte es auch deutsch sagen können, der Herr Vicomte. – »Muß ich noch mehr sagen?« – »Sie haben schon zuviel gesagt, Herr Dorsday.« Und ich stehe noch da. Warum denn? Ich gehe, ich gehe ohne Gruß. – »Else! Else!« – Nun ist er wieder neben mir. – »Verzeihen Sie mir, Else. Auch ich habe nur einen Scherz gemacht, geradeso wie Sie vorher mit der Million. Auch meine Forderung stelle ich nicht so hoch – als Sie gefürchtet haben, wie ich leider sagen muß, – so daß die geringere Sie vielleicht angenehm überraschen wird. Bitte, bleiben Sie doch stehen, Else.« – Ich bleibe wirklich stehen. Warum denn? Da stehen wir uns gegenüber. Hätte ich ihm nicht einfach ins Gesicht schlagen sollen? Wäre nicht noch jetzt Zeit dazu? Die zwei Engländer kommen vorbei. Jetzt wäre der Moment. Gerade darum. Warum tu' ich es denn nicht? Ich bin feig, ich bin zerbrochen, ich bin erniedrigt. Was wird er nun wollen statt der Million? Einen Kuß vielleicht? Darüber ließe sich reden. Eine Million zu dreißigtausend verhält sich wie – – Komische Gleichungen gibt es. – »Wenn Sie wirklich einmal eine Million brauchen sollten, Else, – ich bin zwar kein reicher Mann, dann wollen wir sehen. Aber für diesmal will ich genügsam sein, wie Sie. Und für diesmal will ich nichts anderes, Else als – Sie sehen.« – Ist er verrückt? Er sieht mich doch. – Ah, so meint er das, so! Warum schlage ich ihm nicht ins Gesicht, dem Schuften! Bin ich

– 34 –

rot geworden oder blaß? Nackt willst du mich sehen? Das möchte mancher. Ich bin schön, wenn ich nackt bin. Warum schlage ich ihm nicht ins Gesicht? – Riesengroß ist sein Gesicht. Warum so nah, du Schuft? Ich will deinen Atem nicht auf meinen Wangen. Warum lasse ich ihn nicht einfach stehen? Bannt mich sein Blick? Wir schauen uns ins Auge wie Todfeinde. Ich möchte ihm Schuft sagen, aber ich kann nicht. Oder will ich nicht? – »*Sie sehen mich an, Else, als wenn ich verrückt wäre. Ich bin es vielleicht ein wenig, denn es geht ein Zauber von Ihnen aus, Else, den Sie selbst wohl nicht ahnen. Sie müssen fühlen, Else, daß meine Bitte keine Beleidigung bedeutet. Ja, ›Bitte‹ sage ich, wenn sie auch einer Erpressung zum Verzweifeln ähnlich sieht. Aber ich bin kein Erpresser, ich bin nur ein Mensch, der mancherlei Erfahrungen gemacht hat, – unter andern die, daß alles auf der Welt seinen Preis hat und daß einer, der sein Geld verschenkt, wenn er in der Lage ist, einen Gegenwert dafür zu bekommen, ein ausgemachter Narr ist. Und – was ich mir diesmal kaufen will, Else, so viel es auch ist, Sie werden nicht ärmer dadurch, daß Sie es verkaufen. Und daß es ein Geheimnis bleiben würde zwischen Ihnen und mir, das schwöre ich Ihnen, Else, bei – bei all den Reizen, durch deren Enthüllung Sie mich beglücken würden.*« – Wo hat er so reden gelernt? Es klingt wie aus einem Buch. – »*Und ich schwöre Ihnen auch, daß ich – von der Situation keinen Gebrauch machen werde, der in unserem Vertrag nicht vorgesehen war. Nichts anderes verlange ich von Ihnen, als eine Viertelstunde dastehen dürfen in Andacht vor Ihrer Schönheit. Mein Zimmer liegt im gleichen Stockwerk wie das Ihre, Else, Nummer fünfundsechzig, leicht zu merken. Der schwedische Tennisspieler, von dem Sie heut' sprachen, war doch gerade fünfundsechzig Jahre alt?*« – Er ist verrückt! Warum lasse ich ihn weiterreden? Ich bin gelähmt. – »*Aber wenn es Ihnen aus irgendeinem Grunde nicht paßt, mich auf Zimmer Nummer fünfundsechzig zu besuchen, Else, so schlage ich Ihnen einen kleinen Spaziergang nach dem Diner vor. Es gibt eine Lichtung im Walde, ich habe sie neulich ganz zufällig entdeckt, kaum fünf Minuten weit von unserem Hotel. – Es wird eine wundervolle Sommernacht heute, beinahe warm, und das Sternenlicht wird Sie herrlich kleiden.*« – Wie zu einer Sklavin spricht er. Ich spucke ihm ins Gesicht. – »*Sie sollen mir*

– 35 –

*nicht gleich antworten, Else. Überlegen Sie. Nach dem Diner werden
Sir mir gütigst Ihre Entscheidung kundtun.«* – Warum sagt er denn
›kundtun‹? Was für ein blödes Wort: kundtun. – *»Überlegen Sie in
aller Ruhe. Sie werden vielleicht spüren, daß es nicht einfach ein Han-
del ist, den ich Ihnen vorschlage.«* – Was denn, du klingender
Schuft! – *»Sie werden möglicherweise ahnen, daß ein Mann zu Ihnen
spricht, der ziemlich einsam und nicht besonders glücklich ist und der
vielleicht einige Nachsicht verdient.«* – Affektierter Schuft. Spricht
wie ein schlechter Schauspieler. Seine gepflegten Finger sehen
aus wie Krallen. Nein, nein, ich will nicht. Warum sag' ich es
denn nicht? Bring' dich um, Papa! Was will er denn mit meiner
Hand? Ganz schlaff ist mein Arm. Er führt meine Hand an seine
Lippen. Heiße Lippen. Pfui! Meine Hand ist kalt. Ich hätte Lust,
ihm den Hut herunterzublasen. Ha, wie komisch wär' das. Bald
ausgeküßt, du Schuft? – Die Bogenlampen vor dem Hotel brennen schon. Zwei Fenster stehen offen im dritten Stock. Das, wo
sich der Vorhang bewegt, ist meines. Oben auf dem Schrank
glänzt etwas. Nichts liegt oben, es ist nur der Messingbeschlag.
– *»Also auf Wiedersehen, Else.«* – Ich antworte nichts. Regungslos
stehe ich da. Er sieht mir ins Auge. Mein Gesicht ist undurch-
dringlich. Er weiß gar nichts. Er weiß nicht, ob ich kommen
werde oder nicht. Ich weiß es auch nicht. Ich weiß nur, daß alles
aus ist. Ich bin halbtot. Da geht er. Ein wenig gebückt. Schuft!
Er fühlt meinen Blick auf seinem Nacken. Wen grüßt er denn?
Zwei Damen. Als wäre er ein Graf, so grüßt er. Paul soll ihn
fordern und ihn totschießen. Oder Rudi. Was glaubt er denn
eigentlich? Unverschämter Kerl! Nie und nimmer. Es wird dir
nichts anderes übrigbleiben, Papa, du mußt dich umbringen. –
Die Zwei kommen offenbar von einer Tour. Beide hübsch, er
und sie. Haben sie noch Zeit, sich vor dem Diner umzukleiden?
Sind gewiß auf der Hochzeitsreise oder vielleicht gar nicht verheiratet. Ich werde nie auf einer Hochzeitsreise sein. Dreißigtausend Gulden. Nein, nein, nein! Gibt es keine dreißigtausend
Gulden auf der Welt? Ich fahre zu Fiala. Ich komme noch zurecht. Gnade, Gnade, Herr Doktor Fiala. Mit Vergnügen, mein
Fräulein. Bemühen Sie sich in mein Schlafzimmer. – Tu mir

doch den Gefallen, Paul, verlange dreißigtausend Gulden von deinem Vater. Sage, du hast Spielschulden, du mußt dich sonst erschießen. Gern, liebe Kusine. Ich habe Zimmer Nummer soundsoviel, um Mitternacht erwarte ich dich. O, Herr von Dorsday, wie bescheiden sind Sie. Vorläufig. Jetzt kleidet er sich um. Smoking. Also entscheiden wir uns. Wiese im Mondenschein oder Zimmer Nummer fünfundsechzig? Wird er mich im Smoking in den Wald begleiten?

Es ist noch Zeit bis zum Diner. Ein bißchen spazierengehen und die Sache in Ruhe überlegen. Ich bin ein einsamer alter Mann, haha. Himmlische Luft, wie Champagner. Gar nicht mehr kühl – dreißigtausend... dreißigtausend... Ich muß mich jetzt sehr hübsch ausnehmen in der weiten Landschaft. Schade, daß keine Leute mehr im Freien sind. Dem Herrn dort am Waldesrand gefalle ich offenbar sehr gut. O, mein Herr, nackt bin ich noch viel schöner, und es kostet einen Spottpreis, dreißigtausend Gulden. Vielleicht bringen Sie Ihre Freunde mit, dann kommt es billiger. Hoffentlich haben Sie lauter hübsche Freunde, hübschere und jüngere als Herr von Dorsday? Kennen Sie Herrn von Dorsday? Ein Schuft ist er – ein klingender Schuft...

Also überlegen, überlegen... Ein Menschenleben steht auf dem Spiel. Das Leben von Papa. Aber nein, er bringt sich nicht um, er wird sich lieber einsperren lassen. Drei Jahre schwerer Kerker oder fünf. In dieser ewigen Angst lebt er schon fünf oder zehn Jahre... Mündelgelder... Und Mama geradeso. Und ich doch auch. – Vor wem werde ich mich das nächste Mal nackt ausziehen müssen? Oder bleiben wir der Einfachheit wegen bei Herrn Dorsday? Seine jetzige Geliebte ist ja nichts Feines ›unter uns gesagt‹. Ich wäre ihm gewiß lieber. Es ist gar nicht so ausgemacht, ob ich viel feiner bin. Tun Sie nicht vornehm, Fräulein Else, ich könnte Geschichten von Ihnen erzählen... einen gewissen Traum zum Beispiel, den Sie schon dreimal gehabt haben – von dem haben Sie nicht einmal Ihrer Freundin Bertha erzählt. Und die verträgt doch was. Und wie war denn das heuer in Gmunden in der Früh um sechs auf dem Balkon, mein vorneh-

– 37 –

mes Fräulein Else? Haben Sie die zwei jungen Leute im Kahn vielleicht gar nicht bemerkt, die Sie angestarrt haben? Mein Gesicht haben sie vom See aus freilich nicht genau ausnehmen können, aber daß ich im Hemd war, das haben sie schon bemerkt. Und ich hab' mich gefreut. Ah, mehr als gefreut. Ich war wie berauscht. Mit beiden Händen hab' ich mich über die Hüften gestrichen und vor mir selber hab' ich getan, als wüßte ich nicht, daß man mich sieht. Und der Kahn hat sich nicht vom Fleck bewegt. Ja, so bin ich, so bin ich. Ein Luder, ja. Sie spüren es ja alle. Auch Paul spürt es. Natürlich, er ist ja Frauenarzt. Und der Marineleutnant hat es ja auch gespürt und der Maler auch. Nur Fred, der dumme Kerl spürt es nicht. Darum liebt er mich ja. Aber gerade vor ihm möchte ich nicht nackt sein, nie und nimmer. Ich hätte gar keine Freude davon. Ich möchte mich schämen. Aber vor dem Filou mit dem Römerkopf – wie gern. Am allerliebsten vor dem. Und wenn ich gleich nachher sterben müßte. Aber es ist ja nicht notwendig gleich nachher zu sterben. Man überlebt es. Die Bertha hat mehr überlebt. Cissy liegt sicher auch nackt da, wenn Paul zu ihr schleicht durch die Hotelgänge, wie ich heute Nacht zu Herrn von Dorsday schleichen werde.

Nein, nein. Ich will nicht. Zu jedem andern – aber nicht zu ihm. Zu Paul meinetwegen. Oder ich such' mir einen aus heute abend beim Diner. Es ist ja alles egal. Aber ich kann doch nicht jedem sagen, daß ich dreißigtausend Gulden dafür haben will! Da wäre ich ja wie ein Frauenzimmer von der Kärntnerstraße. Nein, ich verkaufe mich nicht. Niemals. Nie werde ich mich verkaufen. Ich schenke mich her. Ja, wenn ich einmal den Rechten finde, schenke ich mich her. Aber ich verkaufe mich nicht. Ein Luder will ich sein, aber nicht eine Dirne. Sie haben sich verrechnet, Herr von Dorsday. Und der Papa auch. Ja, verrechnet hat er sich. Er muß es ja vorher gesehen haben. Er kennt ja die Menschen. Er kennt doch den Herrn von Dorsday. Er hat sich doch denken können, daß der Herr Dorsday nicht für nichts und wieder nichts. – Sonst hätte er doch telegraphieren oder selber herreisen können. Aber so war es bequemer und sicherer,

– 38 –

nicht wahr, Papa? Wenn man eine so hübsche Tochter hat, wozu braucht man ins Zuchthaus zu spazieren? Und die Mama, dumm wie sie ist, setzt sich hin und schreibt den Brief. Der Papa hat sich nicht getraut. Da hätte ich es ja gleich merken müssen. Aber es soll euch nicht glücken. Nein, du hast zu sicher auf meine kindliche Zärtlichkeit spekuliert, Papa, zu sicher darauf gerechnet, daß ich lieber jede Gemeinheit erdulden würde als dich die Folgen deines verbrecherischen Leichtsinns tragen zu lassen. Ein Genie bist du ja. Herr von Dorsday sagt es, alle Leute sagen es. Aber was hilft mir das. Fiala ist eine Null, aber er unterschlägt keine Mündelgelder, sogar Waldheim ist nicht in einem Atem mit dir zu nennen ... Wer hat das nur gesagt? Der Doktor Froriep. Ein Genie ist Ihr Papa. – Und ich hab' ihn erst einmal reden gehört! – Im vorigen Jahr im Schwurgerichtssaal – – zum ersten- und letztenmal! Herrlich! Die Tränen sind mir über die Wangen gelaufen. Und der elende Kerl, den er verteidigt hat, ist freigesprochen worden. Er war vielleicht gar kein so elender Kerl. Er hat jedenfalls nur gestohlen, keine Mündelgelder veruntreut, um Bakkarat zu spielen und auf der Börse zu spekulieren. Und jetzt wird der Papa selber vor den Geschworenen stehen. In allen Zeitungen wird man es lesen. Zweiter Verhandlungstag, dritter Verhandlungstag; der Verteidiger erhob sich zu einer Replik. Wer wird denn sein Verteidiger sein? Kein Genie. Nichts wird ihm helfen. Einstimmig schuldig. Verurteilt auf fünf Jahre. Stein, Sträflingskleid, geschorene Haare. Einmal im Monat darf man ihn besuchen. Ich fahre mit Mama hinaus, dritter Klasse. Wir haben ja kein Geld. Keiner leiht uns was. Kleine Wohnung in der Lerchenfelderstraße, so wie die, wo ich die Nätherin besucht habe vor zehn Jahren. Wir bringen ihm etwas zu essen mit. Woher denn? Wir haben ja selber nichts. Onkel Viktor wird uns eine Rente aussetzen. Dreihundert Gulden monatlich. Rudi wird in Holland sein bei Vanderhulst – wenn man noch auf ihn reflektiert. Die Kinder des Sträflings! Roman von Temme in drei Bänden. Der Papa empfängt uns im gestreiften Sträflingsanzug. Er schaut nicht bös drein, nur traurig. Er kann ja gar nicht bös dreinschauen. – Else, wenn du mir damals das

– 39 –

Geld verschafft hättest, das wird er sich denken, aber er wird nichts sagen. Er wird nicht das Herz haben, mir Vorwürfe zu machen. Er ist ja seelengut, nur leichtsinnig ist er. Sein Verhängnis ist die Spielleidenschaft. Er kann ja nichts dafür, es ist eine Art von Wahnsinn. Vielleicht spricht man ihn frei, weil er wahnsinnig ist. Auch den Brief hat er vorher nicht überlegt. Es ist ihm vielleicht gar nicht eingefallen, daß Dorsday die Gelegenheit benützen könnte und so eine Gemeinheit von mir verlangen wird. Er ist ein guter Freund unseres Hauses, er hat dem Papa schon einmal achttausend Gulden geliehen. Wie soll man so was von einem Menschen denken. Zuerst hat der Papa sicher alles andere versucht. Was muß er durchgemacht haben, ehe er die Mama veranlaßt hat, diesen Brief zu schreiben? Von einem zum andern ist er gelaufen, von Warsdorf zu Burin, von Burin zu Wertheimstein und weiß Gott noch zu wem. Bei Onkel Karl war er gewiß auch. Und alle haben sie ihn im Stich gelassen. Alle die sogenannten Freunde. Und nun ist Dorsday seine Hoffnung, seine letzte Hoffnung. Und wenn das Geld nicht kommt, so bringt er sich um. Natürlich bringt er sich um. Er wird sich doch nicht einsperren lassen. Untersuchungshaft, Verhandlung, Schwurgericht, Kerker, Sträflingsgewand. Nein, nein! Wenn der Haftbefehl kommt, erschießt er sich oder hängt sich auf. Am Fensterkreuz wird er hängen. Man wird herüberschicken vom Haus vis-à-vis, der Schlosser wird aufsperren müssen und ich bin schuld gewesen. Und jetzt sitzt er zusammen mit Mama im selben Zimmer, wo er übermorgen hängen wird, und raucht eine Havannazigarre. Woher hat er immer noch Havannazigarren? Ich höre ihn sprechen, wie er die Mama beruhigt. Verlaß dich drauf, Dorsday weist das Geld an. Bedenke doch, ich habe ihm heuer im Winter eine große Summe durch meine Intervention gerettet. Und dann kommt der Prozeß Erbesheimer... – Wahrhaftig. – Ich höre ihn sprechen. Telepathie! Merkwürdig. Auch Fred seh ich in diesem Moment. Er geht mit einem Mädel im Stadtpark am Kursalon vorbei. Sie hat eine hellblaue Bluse und lichte Schuhe und ein bißl heiser ist sie. Das weiß ich alles ganz bestimmt. Wenn ich nach Wien komme, werde ich Fred fragen, ob er am dritten September zwischen halb acht und acht Uhr abends mit seiner Geliebten im Stadtpark war.

Wohin denn noch? Was ist denn mit mir? Beinahe ganz dunkel. Wie schön und ruhig. Weit und breit kein Mensch. Nun sitzen sie alle schon beim Diner. Telepathie? Nein, das ist noch keine Telepathie. Ich habe ja früher das Tamtam gehört. Wo ist die Else? wird sich Paul denken. Es wird allen auffallen, wenn ich zur Vorspeise noch nicht da bin. Sie werden zu mir heraufschicken. Was ist das mit Else? Sie ist doch sonst so pünktlich? Auch die zwei Herren am Fenster werden denken: Wo ist denn heute das schöne junge Mädel mit dem rötlichblonden Haar? Und Herr von Dorsday wird Angst bekommen. Er ist sicher feig. Beruhigen Sie sich, Herr von Dorsday, es wird Ihnen nichts geschehen. Ich verachte Sie ja so sehr. Wenn ich wollte, morgen abend wären Sie ein toter Mann. – Ich bin überzeugt, Paul würde ihn fordern, wenn ich ihm die Sache erzählte. Ich schenke Ihnen das Leben, Herr von Dorsday.

Wie ungeheuer weit die Wiesen und wie riesig schwarz die Berge. Keine Sterne beinahe. Ja doch, drei, vier, – es werden schon mehr. Und so still der Wald hinter mir. Schön, hier auf der Bank am Waldesrand zu sitzen. So fern, so fern das Hotel und so märchenhaft leuchtet es her. Und was für Schufte sitzen drin. Ach nein, Menschen, arme Menschen, sie tun mir alle so leid. Auch die Marchesa tut mir leid, ich weiß nicht warum, und die Frau Winawer und die Bonne von Cissys kleinem Mädel. Sie sitzt nicht an der Table d'hôte, sie hat schon früher mit Fritzi gesessen. Was ist das nur mit Else? fragt Cissy. Wie, auf ihrem Zimmer ist sie auch nicht? Alle haben sie Angst um mich, ganz gewiß. Nur ich habe keine Angst. Ja, da bin ich in Martino di Castrozza, sitze auf einer Bank am Waldesrand und die Luft ist wie Champagner und mir scheint gar, ich weine. Ja, warum weine ich denn? Es ist doch kein Grund zu weinen. Das sind die Nerven. Ich muß mich beherrschen. Ich darf mich nicht so gehenlassen. Aber das Weinen ist gar nicht unangenehm. Das Weinen tut mir immer wohl. Wie ich unsere alte Französin besucht habe im Krankenhaus, die dann gestorben ist, habe ich auch geweint. Und beim Begräbnis von der Großmama, und wie die Bertha nach Nürnberg gereist ist, und wie das Kleine von der Agathe gestorben ist, und im Theater bei der Kameliendame hab' ich auch geweint. Wer wird weinen, wenn ich tot bin? O, wie schön wäre das tot zu sein. Aufgebahrt liege ich im Salon, die Kerzen brennen. Lange Kerzen. Zwölf lange Kerzen. Unten steht schon der Leichenwagen. Vor dem Haustor stehen Leute. Wie alt war sie denn? Erst neunzehn. Wirklich erst neunzehn? – Denken Sie sich, ihr Papa ist im Zuchthaus. Warum hat sie sich denn umgebracht? Aus unglücklicher Liebe zu einem Filou. Aber was fällt Ihnen denn ein? Sie hätte ein Kind kriegen sollen. Nein, sie ist vom Cimone heruntergestürzt. Es ist ein Unglücksfall. Guten Tag, Herr Dorsday, Sie erweisen der kleinen Else auch die letzte Ehre? Kleine Else, sagt das alte Weib. – Warum denn? Natürlich, ich muß ihr die letzte Ehre erweisen. Ich habe ihr ja auch die erste Schande erwiesen. O, es war der Mühe wert, Frau Winawer, ich habe noch nie einen so schönen Körper gesehen. Es hat mich nur dreißig Millionen gekostet. Ein Rubens kostet dreimal soviel. Mit Haschisch hat sie sich vergiftet. Sie wollte nur schöne Visionen haben, aber sie hat zuviel genommen und ist nicht mehr aufgewacht. Warum hat er denn ein rotes Monokel der Herr Dorsday? Wem winkt er denn mit dem Taschentuch? Die Mama kommt die Treppe herunter und küßt ihm die Hand. Pfui, pfui. Jetzt flüstern sie miteinander. Ich kann nichts verstehen, weil ich aufgebahrt bin. Der Veilchenkranz um meine Stirn ist von Paul. Die Schleifen fallen bis auf den Boden. Kein Mensch traut sich ins Zimmer. Ich stehe lieber auf und schaue zum Fenster hinaus. Was für ein großer blauer See! Hundert Schiffe mit gelben Segeln –. Die Wellen glitzern. So viel Sonne. Regatta. Die Herren haben alle Ruderleibchen. Die Damen sind im Schwimmkostüm. Das ist unanständig. Sie bilden sich ein, ich bin nackt. Wie dumm sie sind. Ich habe ja schwarze Trauerkleider an, weil ich tot bin. Ich werde es euch beweisen. Ich lege mich gleich wieder auf die Bahre hin. Wo ist sie denn? Fort ist sie. Man hat sie davongetragen. Man hat sie unterschlagen. Darum ist der Papa im Zuchthaus. Und sie haben ihn doch

– 42 –

freigesprochen auf drei Jahre. Die Geschworenen sind alle bestochen von Fiala. Ich werde jetzt zu Fuß auf den Friedhof gehen, da erspart die Mama das Begräbnis. Wir müssen uns einschränken. Ich gehe so schnell, daß mir keiner nachkommt. Ah, wie schnell ich gehen kann. Da bleiben sie alle auf den Straßen stehen und wundern sich. Wie darf man jemanden so anschaun, der tot ist! Das ist zudringlich. Ich gehe lieber übers Feld, das ist ganz blau von Vergißmeinnicht und Veilchen. Die Marineoffiziere stehen Spalier. Guten Morgen, meine Herren. Öffnen Sie das Tor, Herr Matador. Erkennen Sie mich nicht? Ich bin ja die Tote... Sie müssen mir darum nicht die Hand küssen... Wo ist denn meine Gruft? Hat man die auch unterschlagen? Gott sei Dank, es ist gar nicht der Friedhof. Das ist ja der Park in Mentone. Der Papa wird sich freuen, daß ich nicht begraben bin. Vor den Schlangen habe ich keine Angst. Wenn mich nur keine in den Fuß beißt. O weh.

Was ist denn? Wo bin ich denn? Habe ich geschlafen? Ja. Geschlafen habe ich. Ich muß sogar geträumt haben. Mir ist so kalt in den Füßen. Im rechten Fuß ist mir kalt. Wieso denn? Da ist am Knöchel ein kleiner Riß im Strumpf. Warum sitze ich denn noch im Wald? Es muß ja längst geläutet haben zum Dinner. Dinner.

O Gott, wo war ich denn? So weit war ich fort. Was hab' ich denn geträumt? Ich glaube ich war schon tot. Und keine Sorgen habe ich gehabt und mir nicht den Kopf zerbrechen müssen. Dreißigtausend, dreißigtausend... ich habe sie noch nicht. Ich muß sie mir erst verdienen. Und da sitz' ich allein am Waldesrand. Das Hotel leuchtet bis her. Ich muß zurück. Es ist schrecklich, daß ich zurück muß. Aber es ist keine Zeit mehr zu verlieren. Herr von Dorsday erwartet meine Entscheidung. Entscheidung. Entscheidung! Nein. Nein, Herr von Dorsday, kurz und gut, nein. Sie haben gescherzt, Herr von Dorsday, selbstverständlich. Ja, das werde ich ihm sagen. O, das ist ausgezeichnet. Ihr Scherz war nicht sehr vornehm, Herr von Dorsday, aber ich will Ihnen verzeihen. Ich telegraphiere morgen früh an Papa, Herr von Dorsday, daß das Geld pünktlich in Doktor Fialas Händen sein wird. Wunderbar. Das sage ich ihm. Da bleibt ihm

– 43 –

nichts übrig, er muß das Geld abschicken. Muß? Muß er? Warum muß er denn? Und wenn er's täte, so würde er sich dann rächen irgendwie. Er würde es so einrichten, daß das Geld zu spät kommt. Oder er würde das Geld schicken und dann überall erzählen, daß er mich gehabt hat. Aber er schickt ja das Geld gar nicht ab. Nein, Fräulein Else, so haben wir nicht gewettet. Telegraphieren Sie dem Papa, was Ihnen beliebt, ich schicke das Geld nicht ab. Sie sollen nicht glauben, Fräulein Else, daß ich mich von so einem kleinen Mädel übertölpeln lasse, ich, der Vicomte von Eperies.

Ich muß vorsichtig gehen. Der Weg ist ganz dunkel. Sonderbar, es ist mir wohler als vorher. Es hat sich doch gar nichts geändert und mir ist wohler. Was habe ich denn nur geträumt? Von einem Matador? Was war denn das für ein Matador? Es ist doch weiter zum Hotel, als ich gedacht habe. Sie sitzen gewiß noch alle beim Diner. Ich werde mich ruhig an den Tisch setzen und sagen, daß ich Migräne gehabt habe und lasse mir nachservieren. Herr von Dorsday wird am Ende selbst zu mir kommen und mir sagen, daß das Ganze nur ein Scherz war. Entschuldigen Sie, Fräulein Else, entschuldigen Sie den schlechten Spaß, ich habe schon an meine Bank telegraphiert. Aber er wird es nicht sagen. Er hat nicht telegraphiert. Es ist alles noch genauso wie früher. Er wartet. Herr von Dorsday wartet. Nein, ich will ihn nicht sehen. Ich kann ihn nicht mehr sehen. Ich will niemanden mehr sehen. Ich will nicht mehr ins Hotel, ich will nicht mehr nach Hause, ich will nicht nach Wien, zu niemandem will ich, zu keinem Menschen, nicht zu Papa und nicht zu Mama, nicht zu Rudi und nicht zu Fred, nicht zu Bertha und nicht zu Tante Irene. Die ist noch die Beste, die würde alles verstehen. Aber ich habe nichts mehr mit ihr zu tun und mit niemandem mehr. Wenn ich zaubern könnte, wäre ich ganz woanders in der Welt. Auf irgendeinem herrlichen Schiff im Mittelländischen Meer, aber nicht allein. Mit Paul zum Beispiel. Ja, das könnte ich mir ganz gut vorstellen. Oder ich wohnte in einer Villa am Meer, und wir lägen auf den Marmorstufen, die ins Wasser führen, und er hielte mich fest in seinen Armen und bisse mich in die Lippen,

– 44 –

wie es Albert vor zwei Jahren getan hat beim Klavier, der unverschämte Kerl. Nein. Allein möchte ich am Meer liegen auf den Marmorstufen und warten. Und endlich käme einer oder mehrere, und ich hätte die Wahl und die andern, die ich verschmähe, die stürzen sich aus Verzweiflung alle ins Meer. Oder sie müßten Geduld haben bis zum nächsten Tag. Ach, was wäre das für ein köstliches Leben. Wozu habe ich denn meine herrlichen Schultern und meine schönen schlanken Beine? Und wozu bin ich denn überhaupt auf der Welt? Und es geschähe ihnen ganz recht, ihnen allen, sie haben mich ja doch nur daraufhin erzogen, daß ich mich verkaufe, so oder so. Vom Theaterspielen haben sie nichts wissen wollen. Da haben sie mich ausgelacht. Und es wäre ihnen ganz recht gewesen im vorigen Jahr, wenn ich den Doktor Wilomitzer geheiratet hätte, der bald fünfzig ist. Nur daß sie mir nicht zugeredet haben. Da hat sich der Papa doch geniert. Aber die Mama hat ganz deutliche Anspielungen gemacht.

Wie riesig es dasteht das Hotel, wie eine ungeheuere beleuchtete Zauberburg. Alles ist so riesig. Die Berge auch. Man könnte sich fürchten. Noch nie waren sie so schwarz. Der Mond ist noch nicht da. Der geht erst zur Vorstellung auf, zur großen Vorstellung auf der Wiese, wenn der Herr von Dorsday seine Sklavin nackt tanzen läßt. Was geht mich denn der Herr Dorsday an? Nun, Mademoiselle Else, was machen Sie denn für Geschichten? Sie waren doch schon bereit auf und davon zu gehen, die Geliebte von fremden Männern zu werden, von einem nach dem andern. Und auf die Kleinigkeit, die Herr von Dorsday von Ihnen verlangt, kommt es Ihnen an? Für einen Perlenschmuck, für schöne Kleider, für eine Villa am Meer sind Sie bereit sich zu verkaufen? Und das Leben Ihres Vaters ist Ihnen nicht soviel wert? Es wäre gerade der richtige Anfang. Es wäre dann gleich die Rechtfertigung für alles andere. Ihr wart es, könnt ich sagen, Ihr habt mich dazu gemacht, Ihr alle seid schuld, daß ich so geworden bin, nicht nur Papa und Mama. Auch der Rudi ist schuld und der Fred und alle, alle, weil sich ja niemand um einen kümmert. Ein bißchen Zärtlichkeit, wenn man hübsch aussieht, und

– 45 –

ein bißl Besorgtheit, wenn man Fieber hat, und in die Schule schicken sie einen, und zu Hause lernt man Klavier und Französisch, und im Sommer geht man aufs Land und zum Geburtstag kriegt man Geschenke und bei Tisch reden sie über allerlei. Aber was in mir vorgeht und was in mir wühlt und Angst hat, habt ihr euch darum je gekümmert? Manchmal im Blick von Papa war eine Ahnung davon, aber ganz flüchtig. Und dann war gleich wieder der Beruf da, und die Sorgen und das Börsenspiel – und wahrscheinlich irgendein Frauenzimmer ganz im geheimen, ›nichts sehr Feines unter uns‹, – und ich war wieder allein. Nun, was tätst du Papa, was tätst du heute, wenn ich nicht da wäre?

Da stehe ich, ja da stehe ich vor dem Hotel. – Furchtbar, da hineingehen zu müssen, alle die Leute sehen, den Herrn von Dorsday, die Tante, Cissy. Wie schön war das früher auf der Bank am Waldesrand, wie ich schon tot war. Matador – wenn ich nur drauf käm', was – eine Regatta war es, richtig und ich habe vom Fenster aus zugesehen. Aber wer war der Matador? – Wenn ich nur nicht so müd wäre, so furchtbar müde. Und da soll ich bis Mitternacht aufbleiben und mich dann ins Zimmer von Herrn von Dorsday schleichen? Vielleicht begegne ich der Cissy auf dem Gang. Hat sie was an unter dem Schlafrock, wenn sie zu ihm kommt? Es ist schwer, wenn man in solchen Dingen nicht geübt ist. Soll ich sie nicht um Rat fragen, die Cissy? Natürlich würde ich nicht sagen, daß es sich um Dorsday handelt, sondern sie müßte sich denken, ich habe ein nächtliches Rendezvous mit einem von den hübschen jungen Leuten hier im Hotel. Zum Beispiel mit dem langen blonden Menschen, der die leuchtenden Augen hat. Aber der ist ja nicht mehr da. Plötzlich war er verschwunden. Ich habe doch gar nicht an ihn gedacht bis zu diesem Augenblick. Aber es ist leider nicht der lange blonde Mensch mit den leuchtenden Augen, auch der Paul ist es nicht, es ist der Herr von Dorsday. Also wie mach' ich es denn? Was sage ich ihm? Einfach Ja? Ich kann doch nicht zu Herrn Dorsday ins Zimmer kommen. Er hat sicher lauter elegante Flakons auf dem Waschtisch, und das Zimmer riecht nach französischem Parfüm. Nein, nicht um die Welt zu ihm. Lieber im Freien. Da

– 46 –

geht er mich nichts an. Der Himmel ist so hoch und die Wiese ist so groß. Ich muß gar nicht an den Herrn Dorsday denken. Ich muß ihn nicht einmal anschauen. Und wenn er es wagen würde, mich anzurühren, einen Tritt bekäme er mit meinen nackten Füßen. Ach, wenn es doch ein anderer wäre, irgendein anderer. Alles, alles könnte er von mir haben heute nacht, jeder andere, nur Dorsday nicht. Und gerade der! Gerade der! Wie seine Augen stechen und bohren werden. Mit dem Monokel wird er dastehen und grinsen. Aber nein, er wird nicht grinsen. Er wird ein vornehmes Gesicht schneiden. Elegant. Er ist ja solche Dinge gewohnt. Wie viele hat er schon so gesehen? Hundert oder tausend? Aber war schon eine darunter wie ich? Nein, gewiß nicht. Ich werde ihm sagen, daß er nicht der Erste ist, der mich so sieht. Ich werde ihm sagen, daß ich einen Geliebten habe. Aber erst, wenn die dreißigtausend Gulden an Fiala abgesandt sind. Dann werde ich ihm sagen, daß er ein Narr war, daß er mich auch hätte haben können um dasselbe Geld. – Daß ich schon zehn Liebhaber gehabt habe, zwanzig, hundert. – Aber das wird er mir ja alles nicht glauben. – Und wenn er es mir glaubt, was hilft es mir? – Wenn ich ihm nur irgendwie die Freude verderben könnte. Wenn noch einer dabei wäre? Warum nicht? Er hat ja nicht gesagt, daß er mit mir allein sein muß. Ach, Herr von Dorsday, ich habe solche Angst vor Ihnen. Wollen Sie mir nicht freundlichst gestatten, einen guten Bekannten mitzubringen? O, das ist keineswegs gegen die Abrede, Herr von Dorsday. Wenn es mir beliebte, dürfte ich das ganze Hotel dazu einladen, und Sie wären trotzdem verpflichtet, die dreißigtausend Gulden abzuschicken. Aber ich begnüge mich damit, meinen Vetter Paul mitzubringen. Oder ziehen Sie etwa einen andern vor? Der lange blonde Mensch ist leider nicht mehr da und der Filou mit dem Römerkopf leider auch nicht. Aber ich find' schon noch wen andern. Sie fürchten Indiskretion? Darauf kommt es ja nicht an. Ich lege keinen Wert auf Diskretion. Wenn man einmal so weit ist wie ich, dann ist alles ganz egal. Das ist heute ja nur der Anfang. Oder denken Sie, aus diesem Abenteuer fahre ich wieder nach Hause als anständiges Mädchen aus guter Familie?

– 47 –

Nein, weder gute Familie noch anständiges junges Mädchen. Das wäre erledigt. Ich stelle mich jetzt auf meine eigenen Beine. Ich habe schöne Beine, Herr von Dorsday, wie Sie und die übrigen Teilnehmer des Festes bald zu bemerken Gelegenheit haben werden. Also die Sache ist in Ordnung, Herr von Dorsday. Um zehn Uhr, während alles noch in der Halle sitzt, wandern wir im Mondenschein über die Wiese, durch den Wald nach Ihrer berühmten selbstentdeckten Lichtung. Das Telegramm an die Bank bringen Sie für alle Fälle gleich mit. Denn eine Sicherheit darf ich doch wohl verlangen von einem solchen Spitzbuben wie Sie. Und um Mitternacht können Sie wieder nach Hause gehen, und ich bleibe mit meinem Vetter oder sonstwem auf der Wiese im Mondenschein. Sie haben doch nichts dagegen, Herr von Dorsday? Das dürfen Sie gar nicht. Und wenn ich morgen früh zufällig tot sein sollte, so wundern Sie sich weiter nicht. Dann wird eben Paul das Telegramm aufgeben. Dafür wird schon gesorgt sein. Aber bilden Sie sich dann um Gottes willen nicht ein, daß Sie, elender Kerl, mich in den Tod getrieben haben. Ich weiß ja schon lange, daß es so mit mir enden wird. Fragen Sie doch nur meinen Freund Fred, ob ich es ihm nicht schon öfters gesagt habe. Fred, das ist nämlich Herr Friedrich Wenkheim, nebstbei der einzige anständige Mensch, den ich in meinem Leben kennengelernt habe. Der einzige, den ich geliebt hätte, wenn er nicht ein gar so anständiger Mensch wäre. Ja, ein so verworfenes Geschöpf bin ich. Bin nicht geschaffen für eine bürgerliche Existenz, und Talent habe ich auch keines. Für unsere Familie wäre es sowieso das Beste, sie stürbe aus. Mit dem Rudi wird auch schon irgendein Malheur geschehen. Der wird sich in Schulden stürzen für eine holländische Chansonette und bei Vanderhulst defraudieren. Das ist schon so in unserer Familie. Und der jüngste Bruder von meinem Vater, der hat sich erschossen, wie er fünfzehn Jahre alt war. Kein Mensch weiß warum. Ich habe ihn nicht gekannt. Lassen Sie sich die Photographie zeigen, Herr von Dorsday. Wir haben sie in einem Album... Ich soll ihm ähnlich sehen. Kein Mensch weiß, warum er sich umgebracht hat. Und von mir wird es auch keiner wissen. Ihretwegen kei-

nesfalls, Herr von Dorsday. Die Ehre tue ich Ihnen nicht an. Ob
mit neunzehn oder einundzwanzig, das ist doch egal. Oder soll
ich Bonne werden oder Telephonistin oder einen Herrn Wilomitzer heiraten oder mich von Ihnen aushalten lassen? Es ist alles
gleich ekelhaft, und ich komme überhaupt gar nicht mit Ihnen auf
die Wiese. Nein, das ist alles viel zu anstrengend und zu dumm
und zu widerwärtig. Wenn ich tot bin, werden Sie schon die Güte
haben und die paar tausend Gulden für den Papa absenden, denn
es wäre doch zu traurig, wenn er gerade an dem Tage verhaftet
würde, an dem man meine Leiche nach Wien bringt. Aber ich
werde einen Brief hinterlassen mit testamentarischer Verfügung:
Herr von Dorsday hat das Recht, meinen Leichnam zu sehen.
Meinen schönen nackten Mädchenleichnam. So können Sie sich
nicht beklagen, Herr von Dorsday, daß ich Sie übers Ohr gehaut
habe. Sie haben doch was für Ihr Geld. Daß ich noch lebendig sein
muß, das steht nicht in unserem Kontrakt. O nein. Das steht
nirgends geschrieben. Also den Anblick meines Leichnams vermache ich dem Kunsthändler Dorsday, und Herrn Fred Wenkheim vermache ich mein Tagebuch aus meinem siebzehnten Le-
bensjahr – weiter habe ich nichts geschrieben – und dem Fräulein
bei Cissy vermache ich die fünf Zwanzigfranks-Stücke, die ich
vor Jahren aus der Schweiz mitgebracht habe. Sie liegen im
Schreibtisch neben den Briefen. Und Bertha vermache ich das
schwarze Abendkleid. Und Agathe meine Bücher. Und meinem
Vetter Paul, dem vermache ich einen Kuß auf meine blassen Lippen. Und der Cissy vermache ich mein Rakett, weil ich edel bin.
Und man soll mich gleich hier begraben in San Martino di Castrozza auf dem schönen kleinen Friedhof. Ich will nicht mehr
zurück nach Hause. Auch als Tote will ich nicht mehr zurück.
Und Papa und Mama sollen sich nicht kränken, mir geht es besser
als ihnen. Und ich verzeihe ihnen. Es ist nicht schade um mich. –
Haha, was für ein komisches Testament. Ich bin wirklich ge-
rührt. Wenn ich denke, daß ich morgen um die Zeit, während die
andern beim Diner sitzen, schon tot bin? – Die Tante Emma wird
natürlich nicht zum Diner herunterkommen und Paul auch nicht.
Sie werden sich auf dem Zimmer servieren lassen. Neugierig bin

– 49 –

ich, wie sich Cissy benehmen wird. Nur werde ich es leider nicht erfahren. Gar nichts mehr werde ich erfahren. Oder vielleicht weiß man noch alles, solange man nicht begraben ist? Und am Ende bin ich nur scheintot. Und wenn der Herr von Dorsday an meinen Leichnam tritt, so erwache ich und schlage die Augen auf, da läßt er vor Schreck das Monokel fallen.

Aber es ist ja leider alles nicht wahr. Ich werde nicht scheintot sein und tot auch nicht. Ich werde mich überhaupt gar nicht umbringen, ich bin ja viel zu feig. Wenn ich auch eine couragierte Kletterin bin, feig bin ich doch. Und vielleicht habe ich nicht einmal genug Veronal. Wieviel Pulver braucht man denn? Sechs glaube ich. Aber zehn ist sicherer. Ich glaube, es sind noch zehn. Ja, das werden genug sein.

Zum wievielten Mal lauf' ich jetzt eigentlich um das Hotel herum? Also was jetzt? Da steh' ich vor dem Tor. In der Halle ist noch niemand. Natürlich – sie sitzen ja noch alle beim Diner. Seltsam sieht die Halle aus so ganz ohne Menschen. Auf dem Sessel dort liegt ein Hut, ein Touristenhut, ganz fesch. Hübscher Gemsbart. Dort im Fauteuil sitzt ein alter Herr. Hat wahrscheinlich keinen Appetit mehr. Liest Zeitung. Dem geht's gut. Er hat keine Sorgen. Er liest ruhig Zeitung, und ich muß mir den Kopf zerbrechen, wie ich dem Papa dreißigtausend Gulden verschaffen soll. Aber nein. Ich weiß ja wie. Es ist ja so furchtbar einfach. Was will ich denn? Was will ich denn? Was tu' ich denn da in der Halle? Gleich werden sie alle kommen vom Diner. Was soll ich denn tun? Herr von Dorsday sitzt gewiß auf Nadeln. Wo bleibt sie, denkt er sich. Hat sie sich am Ende umgebracht? Oder engagiert sie jemanden, daß er mich umbringt? Oder hetzt sie ihren Vetter Paul auf mich? Haben Sie keine Angst, Herr von Dorsday, ich bin keine so gefährliche Person. Ein kleines Luder bin ich, weiter nichts. Für die Angst, die Sie ausgestanden haben, sollen Sie auch Ihren Lohn haben. Zwölf Uhr, Zimmer Nummer fünfundsechzig. Im Freien wäre es mir doch zu kühl. Und von Ihnen aus, Herr von Dorsday, begebe ich mich direkt zu meinem Vetter Paul. Sie haben doch nichts dagegen, Herr von Dorsday?

»Else! Else!«
Wie? Was? Das ist ja Pauls Stimme. Das Diner schon aus? –
»Else!« – »Ach, Paul, was gibt's denn, Paul?« – Ich stell' mich
ganz unschuldig. – »Ja, wo steckst du denn, Else?« – »Wo soll ich
denn stecken? Ich bin spazierengegangen.« – »Jetzt, während des
Diners?« – »Na, wann denn? Es ist doch die schönste Zeit dazu.«
Ich red' Blödsinn. – »Die Mama hat sich schon alles Mögliche einge-
redet. Ich war an deiner Zimmertür, hab' geklopft.« – »Hab' nichts
gehört.« – »Aber im Ernst, Else, wie kannst du uns in eine solche
Unruhe versetzen! Du hättest Mama doch wenigstens verständigen
können, daß du nicht zum Diner kommst.« – »Du hast ja recht, Paul,
aber wenn du eine Ahnung hättest, was ich für Kopfschmerzen
gehabt habe.« Ganz schmelzend red' ich. O, ich Luder. – »Ist dir
jetzt wenigstens besser?« – »Könnt' ich eigentlich nicht sagen.« –
»Ich will vor allem der Mama« – »Halt Paul, noch nicht. Entschul-
dige mich bei der Tante, ich will nur für ein paar Minuten auf
mein Zimmer, mich ein bißl herrichten. Dann komme ich gleich
herunter und werde mir eine Kleinigkeit nachservieren lassen.«
– »Du bist so blaß, Else? – Soll ich dir die Mama hinaufschicken?« –
»Aber mach' doch keine solchen Geschichten mit mir, Paul, und
schau' mich nicht so an. Hast du noch nie ein weibliches Wesen
mit Kopfschmerzen gesehen? Ich komme bestimmt noch herunter. In zehn Minuten spätestens. Grüß dich Gott, Paul.« – »Also
auf Wiedersehen Else.« – Gott sei Dank, daß er geht. Dummer
Bub', aber lieb. Was will denn der Portier von mir? Wie, ein
Telegramm? »Danke. Wann ist denn die Depesche gekommen,
Herr Portier?« – »Vor einer Viertelstunde, Fräulein.« – Warum
schaut er mich denn so an, so – bedauernd. Um Himmels willen,
was wird denn da drin stehn? Ich mach' sie erst oben auf, sonst
fall' ich vielleicht in Ohnmacht. Am Ende hat sich der Papa –
Wenn der Papa tot ist, dann ist ja alles in Ordnung, dann muß ich
nicht mehr mit Herrn von Dorsday auf die Wiese gehn . . . O, ich
elende Person. Lieber Gott, mach', daß in der Depesche nichts
Böses steht. Lieber Gott, mach', daß der Papa lebt. Verhaftet
meinetwegen, nur nicht tot. Wenn nichts Böses drin steht, dann
will ich ein Opfer bringen. Ich werde Bonne, ich nehme eine

– 51 –

Stellung in einem Bureau an. Sei nicht tot, Papa. Ich bin ja bereit. Ich tue ja alles, was du willst...

Gott sei Dank, daß ich oben bin. Licht gemacht, Licht gemacht. Kühl ist es geworden. Das Fenster war zu lange offen. Courage, Courage. Ha, vielleicht steht drin, daß die Sache geordnet ist. Vielleicht hat der Onkel Bernhard das Geld hergegeben und sie telegraphieren mir: Nicht mit Dorsday reden. Ich werde es ja gleich sehen. Aber wenn ich auf den Plafond schaue, kann ich natürlich nicht lesen, was in der Depesche steht. Trala, trala, Courage. Es muß ja sein. ›Wiederhole flehentlich Bitte mit Dorsday reden. Summe nicht dreißig, sondern fünfzig. Sonst alles vergeblich. Adresse bleibt Fiala.‹ – Sondern fünfzig. Sonst alles vergeblich. Trala, trala. Fünfzig. Adresse bleibt Fiala. Aber gewiß, ob fünfzig oder dreißig, darauf kommt es ja nicht an. Auch dem Herrn von Dorsday nicht. Das Veronal liegt unter der Wäsche, für alle Fälle. Warum habe ich nicht gleich gesagt: fünfzig. Ich habe doch daran gedacht! Sonst alles vergeblich. Also hinunter, geschwind, nicht da auf dem Bett sitzen bleiben. Ein kleiner Irrtum, Herr von Dorsday, verzeihen Sie. Nicht dreißig, sondern fünfzig, sonst alles vergeblich. Adresse bleibt Fiala. – ›Sie halten mich wohl für einen Narren, Fräulein Else?‹ Keineswegs, Herr Vicomte, wie sollte ich. Für fünfzig müßte ich jedenfalls entsprechend mehr fordern, Fräulein. Sonst alles vergeblich, Adresse bleibt Fiala. Wie Sie wünschen, Herr von Dorsday. Bitte, befehlen Sie nur. Vor allem aber, schreiben Sie die Depesche an Ihr Bankhaus, natürlich, sonst habe ich ja keine Sicherheit. –

Ja, so mach' ich es. Ich komme zu ihm ins Zimmer und erst, wenn er vor meinen Augen die Depesche geschrieben – ziehe ich mich aus. Und die Depesche behalte ich in der Hand. Ha, wie unappetitlich. Und wo soll ich denn meine Kleider hinlegen? Nein, nein, ich ziehe mich schon hier aus und nehme den großen schwarzen Mantel um, der mich ganz einhüllt. So ist es am bequemsten. Für beide Teile. Adresse bleibt Fiala. Mir klappern die Zähne. Das Fenster ist noch offen. Zugemacht. Im Freien? Den Tod hätte ich davon haben können. Schuft! Fünfzigtau-

– 52 –

send. Er kann nicht Nein sagen. Zimmer fünfundsechzig. Aber vorher sag' ich Paul, er soll in seinem Zimmer auf mich warten. Von Dorsday geh' ich direkt zu Paul und erzähle ihm alles. Und dann soll Paul ihn ohrfeigen. Ja, noch heute nacht. Ein reichhaltiges Programm. Und dann kommt das Veronal. Nein, wozu denn? Warum denn sterben? Keine Spur. Lustig, lustig, jetzt fängt ja das Leben erst an. Ihr sollt euere Freude haben. Ihr sollt stolz werden auf euer Töchterlein. Ein Luder will ich werden, wie es die Welt noch nicht gesehen hat. Adresse bleibt Fiala. Du sollst deine fünfzigtausend Gulden haben, Papa. Aber die nächsten, die ich mir verdiene, um die kaufe ich mir neue Nachthemden mit Spitzen besetzt, ganz durchsichtig und köstliche Seidenstrümpfe. Man lebt nur einmal. Wozu schaut man denn so aus wie ich. Licht gemacht, – die Lampe über dem Spiegel schalt' ich ein. Wie schön meine blondroten Haare sind, und meine Schultern; meine Augen sind auch nicht übel. Hu, wie groß sie sind. Es wär' schad' um mich. Zum Veronal ist immer noch Zeit. – Aber ich muß ja hinunter. Tief hinunter. Herr Dorsday wartet, und er weiß noch nicht einmal, daß es indes fünfzigtausend geworden sind. Ja, ich bin im Preis gestiegen, Herr von Dorsday. Ich muß ihm das Telegramm zeigen, sonst glaubt er mir am Ende nicht und denkt, ich will ein Geschäft bei der Sache machen. Ich werde die Depesche auf sein Zimmer schicken und etwas dazu schreiben. Zu meinem lebhaften Bedauern sind es nun fünfzigtausend geworden, Herr von Dorsday, das kann Ihnen ja ganz egal sein. Und ich bin überzeugt, Ihre Gegenforderung war gar nicht ernstgemeint. Denn Sie sind ein Vicomte und ein Gentleman. Morgen früh werden Sie die fünfzigtausend, an denen das Leben meines Vaters hängt, ohne weiters an Fiala senden. Ich rechne darauf. – ›Selbstverständlich, mein Fräulein, ich sende für alle Fälle gleich hunderttausend, ohne jede Gegenleistung und verpflichte mich überdies, von heute an für den Lebensunterhalt Ihrer ganzen Familie zu sorgen, die Börsenschulden Ihres Herr Papas zu zahlen und sämtliche veruntreute Mündelgelder zu ersetzen.‹ Adresse bleibt Fiala. Hahaha! Ja, genauso ist der Vicomte von Eperies. Das ist ja alles

– 53 –

Unsinn. Was bleibt mir denn übrig? Es muß ja sein, ich muß es ja tun, alles muß ich tun, was Herr von Dorsday verlangt, damit der Papa morgen das Geld hat, – damit er nicht eingesperrt wird, damit er sich nicht umbringt. Und ich werde es auch tun. Ja, ich werde es tun, obzwar doch alles für die Katz' ist. In einem halben Jahr sind wir wieder gerade soweit wie heute! In vier Wochen! – Aber dann geht es mich nichts mehr an. Das eine Opfer bringe ich – und dann keines mehr. Nie, nie, niemals wieder. Ja, das sage ich dem Papa, sobald ich nach Wien komme. Und dann fort aus dem Haus, wo immer hin. Ich werde mich mit Fred beraten. Er ist der einzige, der mich wirklich gern hat. Aber soweit bin ich ja noch nicht. Ich bin nicht in Wien, ich bin noch in Martino di Castrozza. Noch nichts ist geschehen. Also wie, wie, was? Da ist das Telegramm. Was tue ich denn mit dem Telegramm? Ich habe es ja schon gewußt. Ich muß es ihm auf sein Zimmer schicken. Aber was sonst? Ich muß ihm etwas dazu schreiben. Nun ja, was soll ich ihm schreiben? Erwarten Sie mich um zwölf. Nein, nein, nein! Den Triumph soll er nicht haben. Ich will nicht, will nicht, will nicht. Gott sei Dank, daß ich die Pulver da habe. Das ist die einzige Rettung. Wo sind sie denn? Um Gottes willen, man wird sie mir doch nicht gestohlen haben. Aber nein, da sind sie ja. Da in der Schachtel. Sind sie noch alle da? Ja, da sind sie. Eins, zwei, drei, vier, fünf, sechs. Ich will sie ja nur ansehen, die lieben Pulver. Es verpflichtet ja zu nichts. Auch daß ich sie ins Glas schütte, verpflichtet ja zu nichts. Eins, zwei, – aber ich bringe mich ja sicher nicht um. Fällt mir gar nicht ein. Drei, vier, fünf – davon stirbt man auch noch lange nicht. Es wäre schrecklich, wenn ich das Veronal nicht mithätte. Da müßte ich mich zum Fenster hinunterstürzen und dazu hätt' ich doch nicht den Mut. Aber das Veronal, – man schläft langsam ein, wacht nicht mehr auf, keine Qual, keinen Schmerz. Man legt sich ins Bett; in einem Zuge trinkt man es aus, träumt, und alles ist vorbei. Vorgestern habe ich auch ein Pulver genommen und neulich sogar zwei. Pst, niemandem sagen. Heut' werden es halt ein bißl mehr sein. Es ist ja nur für alle Fälle. Wenn es mich gar gar zu sehr grausen sollte. Aber warum soll es mich denn grausen? Wenn er mich anrührt, so spucke ich ihm ins Gesicht. Ganz einfach.

Aber wie soll ich ihm denn den Brief zukommen lassen? Ich kann doch nicht dem Herrn von Dorsday durch das Stubenmädchen einen Brief schicken. Das beste, ich gehe hinunter und rede mit ihm und zeige ihm das Telegramm. Hinunter muß ich ja jedenfalls. Ich kann doch nicht da heroben im Zimmer bleiben. Ich hielte es ja gar nicht aus, drei Stunden lang – bis der Moment kommt. Auch wegen der Tante muß ich hinunter. Ha, was geht mich denn die Tante an. Was gehen mich die Leute an? Sehen Sie, meine Herrschaften, da steht das Glas mit dem Veronal. So, jetzt nehme ich es in die Hand. So, jetzt führe ich es an die Lippen. Ja, jeden Moment kann ich drüben sein, wo es keine Tanten gibt und keinen Dorsday und keinen Vater, der Mündelgelder defraudiert . . .

Aber ich werde mich nicht umbringen. Das habe ich nicht notwendig. Ich werde auch nicht zu Herrn von Dorsday ins Zimmer gehen. Fällt mir gar nicht ein. Ich werde mich doch nicht um fünfzigtausend Gulden nackt hinstellen vor einen alten Lebemann, um einen Lumpen vor dem Kriminal zu retten. Nein, nein, entweder oder. Wie kommt denn der Herr von Dorsday dazu? Gerade der? Wenn einer mich sieht, dann sollen mich auch andere sehen. Ja! – Herrlicher Gedanke! – Alle sollen sie mich sehen. Die ganze Welt soll mich sehen. Und dann kommt das Veronal. Nein, nicht das Veronal, – wozu denn?! dann kommt die Villa mit den Marmorstufen und die schönen Jünglinge und die Freiheit und die weite Welt! Guten Abend, Fräulein Else, so gefallen Sie mir. Haha. Da unten werden sie meinen, ich bin verrückt geworden. Aber ich war noch nie so vernünftig. Zum erstenmal in meinem Leben bin ich wirklich vernünftig. Alle, alle sollen sie mich sehen! – Dann gibt es kein Zurück, kein nach Hause zu Papa und Mama, zu den Onkeln und Tanten. Dann bin ich nicht mehr das Fräulein Else, das man an irgendeinen Direktor Wilomitzer verkuppeln möchte; alle hab' ich sie so zum Narren; – den Schuften Dorsday vor allem – und komme zum zweitenmal auf die Welt . . . sonst alles vergeblich – Adresse bleibt Fiala. Haha!

Keine Zeit mehr verlieren, nicht wieder feig werden. Herunter

– 55 –

das Kleid. Wer wird der erste sein? Wirst du es sein, Vetter Paul? Dein Glück, daß der Römerkopf nicht mehr da ist. Wirst du diese schönen Brüste küssen heute nacht? Ah, wie bin ich schön. Bertha hat ein schwarzes Seidenhemd. Raffiniert. Ich werde noch viel raffinierter sein. Herrliches Leben. Fort mit den Strümpfen, das wäre unanständig. Nackt, ganz nackt. Wie wird mich Cissy beneiden! Und andere auch. Aber sie trauen sich nicht. Sie möchten ja alle so gern. Nehmt euch ein Beispiel. Ich, die Jungfrau, ich traue mich. Ich werde mich ja zu Tod lachen über Dorsday. Da bin ich, Herr von Dorsday. Rasch auf die Post. Fünfzigtausend. Soviel ist es doch wert?

Schön, schön bin ich! Schau' mich an, Nacht! Berge schaut mich an! Himmel schau' mich an, wie schön ich bin. Aber ihr seid ja blind. Was habe ich von euch. Die da unten haben Augen. Soll ich mir die Haare lösen? Nein. Da säh' ich aus wie eine Verrückte. Aber ihr sollt mich nicht für verrückt halten. Nur für schamlos sollt ihr mich halten. Für eine Kanaille. Wo ist das Telegramm? Um Gottes willen, wo habe ich denn das Telegramm? Da liegt es, friedlich neben dem Veronal. ›Wiederhole flehentlich – fünfzigtausend – sonst alles vergeblich. Adresse bleibt Fiala.‹ Ja, das ist das Telegramm. Das ist ein Stück Papier und da stehen Worte darauf. Aufgegeben in Wien vier Uhr dreißig. Nein, ich träume nicht, es ist alles wahr. Und zu Hause warten sie auf die fünfzigtausend Gulden. Und Herr von Dorsday wartet auch. Er soll nur warten. Wir haben ja Zeit. Ah, wie hübsch ist es, so nackt im Zimmer auf- und abzuspazieren. Bin ich wirklich so schön wie im Spiegel? Ach, kommen Sie doch näher, schönes Fräulein. Ich will Ihre blutroten Lippen küssen. Ich will Ihre Brüste an meine Brüste pressen. Wie schade, daß das Glas zwischen uns ist, das kalte Glas. Wie gut würden wir uns miteinander vertragen. Nicht wahr? Wir brauchten gar niemanden andern. Es gibt vielleicht gar keine andern Menschen. Es gibt Telegramme und Hotels und Berge und Bahnhöfe und Wälder, aber Menschen gibt es nicht. Die träumen wir nur. Nur der Doktor Fiala existiert mit der Adresse. Es bleibt immer dieselbe. O, ich bin keineswegs verrückt. Ich bin nur ein wenig erregt. Das ist

– 56 –

doch ganz selbstverständlich, bevor man zum zweitenmal auf die Welt kommt. Denn die frühere Else ist schon gestorben. Ja, ganz bestimmt bin ich tot. Da braucht man kein Veronal dazu. Soll ich es nicht weggießen? Das Stubenmädel könnte es aus Versehen trinken. Ich werde einen Zettel hinlegen und darauf schreiben: Gift; nein, lieber: Medizin, – damit dem Stubenmädel nichts geschieht. So edel bin ich. So. Medizin, zweimal unterstrichen und drei Ausrufungszeichen. Jetzt kann nichts passieren. Und wenn ich dann heraufkomme und keine Lust habe mich umzubringen und nur schlafen will, dann trinke ich eben nicht das ganze Glas aus, sondern nur ein Viertel davon oder noch weniger. Ganz einfach. Alles habe ich in meiner Hand. Am einfachsten wäre, ich liefe hinunter – so wie ich bin über Gang und Stiegen. Aber nein, da könnte ich aufgehalten werden, ehe ich unten bin – und ich muß doch die Sicherheit haben, daß der Herr von Dorsday dabei ist! Sonst schickt er natürlich das Geld nicht ab, der Schmutzian. – Aber ich muß ihm ja noch schreiben. Das ist doch das Wichtigste. O, kalt ist die Sessellehne, aber angenehm. Wenn ich meine Villa am italienischen See haben werde, dann werde ich in meinem Park immer nackt herumspazieren... Die Füllfeder vermache ich Fred, wenn ich einmal sterbe. Aber vorläufig habe ich etwas Gescheiteres zu tun als zu sterben. ›Hochverehrter Herr Vicomte‹ – also vernünftig Else, keine Aufschrift, weder hochverehrt, noch hochverachtet. ›Ihre Bedingung, Herr von Dorsday, ist erfüllt‹ – – – ›In dem Augenblick, da Sie diese Zeilen lesen, Herr von Dorsday, ist Ihre Bedingung erfüllt, wenn auch nicht ganz in der von Ihnen vorgesehenen Weise.‹ – ›Nein, wie gut das Mädel schreibt‹, möcht' der Papa sagen. – ›Und so rechne ich darauf, daß Sie Ihrerseits Ihr Wort halten und die fünfzigtausend Gulden telegraphisch an die bekannte Adresse unverzüglich anweisen lassen werden. Else.‹ Nein, nicht Else. Gar keine Unterschrift. So. Mein schönes gelbes Briefpapier! Hab' ich zu Weihnachten bekommen. Schad' drum. So – und jetzt Telegramm und Brief ins Kuvert. – ›Herrn von Dorsday‹, Zimmer Nummer fünfundsechzig. Wozu die Nummer? Ich lege ihm den Brief einfach vor die Tür im Vorbeigehen. Aber ich muß nicht. Ich muß überhaupt gar nichts. Wenn es mir beliebt, kann ich mich jetzt auch ins Bett legen und schlafen und mich um nichts mehr kümmern. Nicht um den Herrn von Dorsday und nicht um den Papa. Ein gestreifter Sträflingsanzug ist auch ganz elegant. Und erschossen haben sich schon viele. Und sterben müssen wir alle.

Aber du hast ja das alles vorläufig nicht nötig, Papa. Du hast ja deine herrlich gewachsene Tochter, und Adresse bleibt Fiala. Ich werde eine Sammlung einleiten. Mit dem Teller werde ich herumgehen. Warum sollte nur Herr von Dorsday zahlen? Das wäre ein Unrecht. Jeder nach seinen Verhältnissen. Wieviel wird Paul auf den Teller legen? Und wieviel der Herr mit dem goldenen Zwicker? Aber bildet euch nur ja nicht ein, daß das Vergnügen lange dauern wird. Gleich hülle ich mich wieder ein, laufe die Treppen hinauf in mein Zimmer, sperre mich ein und, wenn es mir beliebt, trinke ich das ganze Glas auf einen Zug. Aber es wird mir nicht belieben. Es wäre nur eine Feigheit. Sie verdienen gar nicht soviel Respekt, die Schufte. Schämen vor euch? Ich mich schämen vor irgendwem? Das habe ich wirklich nicht nötig. Laß dir noch einmal in die Augen sehen, schöne Else. Was du für Riesenaugen hast, wenn man näher kommt. Ich wollte, es küßte mich einer auf meine Augen, auf meinen blutroten Mund. Kaum über die Knöchel reicht mein Mantel. Man wird sehen, daß meine Füße nackt sind. Was tut's, man wird noch mehr sehen! Aber ich bin nicht verpflichtet. Ich kann gleich wieder umkehren, noch bevor ich unten bin. Im ersten Stock kann ich umkehren. Ich muß überhaupt nicht hinuntergehen. Aber ich will ja. Ich freue mich drauf. Hab' ich mir nicht mein ganzes Leben lang so was gewüscht?

Worauf warte ich denn noch? Ich bin ja bereit. Die Vorstellung kann beginnen. Den Brief nicht vergessen. Eine aristokratische Schrift, behauptet Fred. Auf Wiedersehen, Else. Du bist schön mit dem Mantel. Florentinerinnen haben sich so malen lassen. In den Galerien hängen ihre Bilder und es ist eine Ehre für sie. – Man muß gar nichts bemerken, wenn ich den Mantel umhabe. Nur die Füße, nur die Füße. Ich nehme die schwarzen Lackschuhe, dann denkt man, es sind fleischfarbene Strümpfe. So werde ich durch die Halle gehen, und kein Mensch wird ahnen, daß unter dem Mantel nichts ist, als ich, ich selber. Und dann kann ich immer noch herauf... – Wer spielt denn da unten so schön Klavier? Chopin? – Herr von Dorsday wird etwas nervös sein. Vielleicht hat er Angst vor Paul. Nur Geduld, Geduld, wird sich alles finden. Ich weiß noch gar nichts, Herr von Dorsday, ich bin selber schrecklich gespannt. Licht ausschalten! Ist alles in Ordnung in meinem Zimmer? Leb' wohl, Veronal, auf Wiedersehen. Leb' wohl, mein heißgeliebtes Spiegelbild. Wie du im Dunkel leuchtest. Ich bin schon ganz gewohnt, unter dem Mantel nackt zu sein. Ganz angenehm. Wer weiß, ob nicht manche so in der Halle sitzen und keiner weiß es? Ob nicht manche Dame so ins Theater geht und so in ihrer Loge sitzt – zum Spaß oder aus anderen Gründen.

Soll ich zusperren? Wozu? Hier wird ja nichts gestohlen. Und wenn auch – ich brauche ja nichts mehr. Schluß... Wo ist denn Nummer fünfundsechzig? Niemand ist auf dem Gang. Alles noch unten beim Diner. Einundsechzig... zweiundsechzig... das sind ja riesige Bergschuhe, die da vor der Türe stehen. Da hängt eine Hose am Haken. Wie unanständig. Vierundsechzig, fünfundsechzig. So. Da wohnt er, der Vicomte... Da unten lehn' ich den Brief hin, an die Tür. Da muß er ihn gleich sehen. Es wird ihn doch keiner stehlen? So, da liegt er... Macht nichts... Ich kann noch immer tun, was ich will. Hab' ich ihn halt zum Narren gehalten... Wenn ich ihm nur jetzt nicht auf der Treppe begegne. Da kommt ja... nein, das ist er nicht! ...Der ist viel hübscher als der Herr von Dorsday, sehr elegant, mit dem kleinen schwarzen Schnurrbart. Wann ist denn der angekommen? Ich könnte eine kleine Probe veranstalten – ein ganz klein wenig den Mantel lüften. Ich habe große Lust dazu. Schauen Sie mich nur an, mein Herr. Sie ahnen nicht, an wem Sie da vorübergehen. Schade, daß Sie gerade jetzt sich heraufbemühen. Warum bleiben Sie nicht in der Halle? Sie versäumen etwas. Große Vorstellung. Warum halten Sie mich nicht auf? Mein Schicksal liegt in Ihrer Hand. Wenn Sie mich grüßen, so

– 59 –

kehre ich wieder um. So grüßen Sie mich doch. Ich sehe Sie doch so liebenswürdig an... Er grüßt nicht. Vorbei ist er. Er wendet sich um, ich spüre es. Rufen Sie, grüßen Sie! Retten Sie mich! Vielleicht sind Sie an meinem Tode schuld, mein Herr! Aber Sie werden es nie erfahren. Adresse bleibt Fiala...

Wo bin ich? Schon in der Halle? Wie bin ich dahergekommen? So wenig Leute und so viele Unbekannte. Oder sehe ich so schlecht? Wo ist Dorsday? Er ist nicht da. Ist es ein Wink des Schicksals? Ich will zurück. Ich will einen andern Brief an Dorsday schreiben. Ich erwarte Sie in meinem Zimmer um Mitternacht. Bringen Sie die Depesche an Ihre Bank mit. Nein. Er könnte es für eine Falle halten. Könnte auch eine sein. Ich könnte Paul bei mir versteckt haben, und er könnte ihn mit dem Revolver zwingen, uns die Depesche auszuliefern. Erpressung. Ein Verbrecherpaar. Wo ist Dorsday? Dorsday, wo bist du? Hat er sich vielleicht umgebracht aus Reue über meinen Tod? Im Spielzimmer wird er sein. Gewiß. An einem Kartentisch wird er sitzen. Dann will ich ihm von der Tür aus mit den Augen ein Zeichen geben. Er wird sofort aufstehen. ›Hier bin ich, mein Fräulein.‹ Seine Stimme wird klingen. ›Wollen wir ein wenig promenieren, Herr Dorsday?‹ ›Wie es beliebt, Fräulein Else.‹ Wir gehen über den Marienweg zum Walde hin. Wir sind allein. Ich schlage den Mantel auseinander. Die fünfzigtausend sind fällig. Die Luft ist kalt, ich bekomme eine Lungenentzündung und sterbe... Warum sehen mich die zwei Damen an? Merken sie was? Warum bin ich denn da? Bin ich verrückt? Ich werde zurückgehen in mein Zimmer, mich geschwind ankleiden, das blaue, drüber den Mantel wie jetzt, aber offen, da kann niemand glauben, daß ich vorher nichts angehabt habe... Ich kann nicht zurück. Ich will auch nicht zurück. Wo ist Paul? Wo ist Tante Emma? Wo ist Cissy? Wo sind sie denn alle? Keiner wird es merken... Man kann es ja gar nicht merken. Wer spielt so schön? Chopin? Nein, Schumann.

Ich irre in der Halle umher wie eine Fledermaus. Fünfzigtausend! Die Zeit vergeht. Ich muß diesen verfluchten Herrn von Dorsday finden. Nein, ich muß in mein Zimmer zurück... Ich werde Veronal trinken. Nur einen kleinen Schluck, dann werde ich gut schlafen... Nach getaner Arbeit ist gut ruhen... Aber die Arbeit ist noch nicht getan... Wenn der Kellner den schwarzen Kaffee dem alten Herrn dort serviert, so geht alles gut aus. Und wenn er ihn dem jungen Ehepaar in der Ecke bringt, so ist alles verloren. Wieso? Was heißt das? Zu dem alten Herrn bringt er den Kaffee. Triumph! Alles geht gut aus. Ha, Cissy und Paul! Da draußen vor dem Hotel gehen sie auf und ab. Sie reden ganz vergnügt miteinander. Er regt sich nicht sonderlich auf wegen meiner Kopfschmerzen. Schwindler! ...Cissy hat keine so schönen Brüste wie ich. Freilich, sie hat ja ein Kind... Was reden die Zwei? Wenn man es hören könnte! Was geht es mich an, was sie reden? Aber ich könnte auch vors Hotel gehen, ihnen guten Abend wünschen und dann weiter, weiterflattern über die Wiese, in den Wald, hinaufsteigen, klettern, immer höher, bis auf den Cimone hinauf, mich hinlegen, einschlafen, erfrieren. Geheimnisvoller Selbstmord einer jungen Dame der Wiener Gesellschaft. Nur mit einem schwarzen Abendmantel bekleidet, wurde das schöne Mädchen an einer unzugänglichen Stelle des Cimone della Pala tot aufgefunden... Aber vielleicht findet man mich nicht... Oder erst im nächsten Jahr. Oder noch später. Verwest. Als Skelett. Doch besser, hier in der geheizten Halle sein und nicht erfrieren. Nun, Herr von Dorsday, wo stecken Sie denn eigentlich? Bin ich verpflichtet zu warten? Sie haben mich zu suchen, nicht ich Sie. Ich will noch im Spielsaal nachschauen. Wenn er dort nicht ist, hat er sein Recht verwirkt. Und ich schreibe ihm: Sie waren nicht zu finden, Herr von Dorsday, Sie haben freiwillig verzichtet; das entbindet Sie nicht von der Verpflichtung, das Geld sofort abzuschicken. Das Geld. Was für ein Geld denn? Was kümmert mich das? Es ist mir doch ganz gleichgültig, ob er das Geld abschickt oder nicht. Ich habe nicht das geringste Mitleid mehr mit Papa. Mit keinem Menschen habe ich Mitleid. Auch mit mir selber nicht. Mein Herz ist tot. Ich glaube, es schlägt gar nicht mehr. Vielleicht habe ich das Veronal schon getrunken... Warum schaut mich die holländische Familie so an? Man kann doch unmöglich was merken. Der

Portier sieht mich auch so verdächtig an. Ist vielleicht noch eine Depesche angekommen? Achtzigtausend? Hunderttausend? Adresse bleibt Fiala. Wenn eine Depesche da wäre, würde er es mir sagen. Er sieht mich hochachtungsvoll an. Er weiß nicht, daß ich unter dem Mantel nichts an habe. Niemand weiß es. Ich gehe zurück in mein Zimmer. Zurück, zurück, zurück! Wenn ich über die Stufen stolperte, das wäre eine nette Geschichte. Vor drei Jahren auf dem Wörthersee ist eine Dame ganz nackt hinausgeschwommen. Aber noch am selben Nachmittag ist sie abgereist. Die Mama hat gesagt, es ist eine Operettensängerin aus Berlin. Schumann? Ja, Karneval. Die oder der spielt ganz schön. Das Kartenzimmer ist aber rechts. Letzte Möglichkeit, Herr von Dorsday. Wenn er dort ist, winke ich ihn mit den Augen zu mir her und sage ihm, um Mitternacht werde ich bei Ihnen sein, Sie Schuft. – Nein, Schuft sage ich ihm nicht. Aber nachher sage ich es ihm... Irgendwer geht mir nach. Ich wende mich nicht um. Nein, nein. –

»Else!« – Um Gottes willen die Tante. Weiter, weiter! »Else!« – Ich muß mich umdrehen, es hilft mir nichts. »O, guten Abend, Tante.« – »Ja, Else, was ist denn mit dir? Grad wollte ich zu dir hinaufschauen. Paul hat mir gesagt – – Ja, wie schaust du denn aus?« – »Wie schau ich denn aus, Tante? Es geht mir schon ganz gut. Ich habe auch eine Kleinigkeit gegessen.« Sie merkt was, sie merkt was. – »Else – du hast ja – keine Strümpfe an!« – »Was sagst du da, Tante? Meiner Seel, ich habe keine Strümpfe an. Nein –!« – »Ist dir nicht wohl, Else? Deine Augen – du hast Fieber.« – »Fieber? Ich glaub' nicht. Ich hab' nur so furchtbare Kopfschmerzen gehabt, wie nie in meinem Leben noch.« – »Du mußt sofort zu Bett, Kind, du bist totenblaß.« – »Das kommt von der Beleuchtung, Tante. Alle Leute sehen hier blaß aus in der Halle.« Sie schaut so sonderbar an mir herab. Sie kann doch nichts merken? Jetzt nur die Fassung bewahren. Papa ist verloren, wenn ich nicht die Fassung bewahre. Ich muß etwas reden. »Weißt du, Tante, was mir heuer in Wien passiert ist? Da bin ich einmal mit einem gelben und einem schwarzen Schuh auf die Straße gegangen.« Kein Wort ist wahr. Ich muß weiterreden. Was sag' ich nur?

– 62 –

»Weißt du, Tante, nach Migräneanfällen habe ich manchmal solche Anfälle von Zerstreutheit. Die Mama hat das auch früher gehabt.« Nicht ein Wort ist wahr. – »*Ich werde jedesfalls um den Doktor schicken.*« – »Aber ich bitte dich, Tante, es ist ja gar keiner im Hotel. Man müßt' einen aus einer anderen Ortschaft holen. Der würde schön lachen, daß man ihn holen läßt, weil ich keine Strümpfe anhabe. Haha.« Ich sollte nicht so laut lachen. Das Gesicht von der Tante ist angstverzerrt. Die Sache ist ihr unheimlich. Die Augen fallen ihr heraus. – »*Sag', Else, hast du nicht zufällig Paul gesehen?*« – Ah, sie will sich Sukkurs verschaffen. Fassung, alles steht auf dem Spiel. »Ich glaube, er geht auf und ab vor dem Hotel mit Cissy Mohr, wenn ich nicht irre.« – »*Vor dem Hotel? Ich werde sie beide hereinholen. Wir wollen noch alle einen Tee trinken, nicht wahr?*« – »Gern.« Was für ein dummes Gesicht sie macht. Ich nicke ihr ganz freundlich und harmlos zu. Fort ist sie. Ich werde jetzt in mein Zimmer gehen. Nein, was soll ich denn in meinem Zimmer tun? Es ist höchste Zeit, höchste Zeit. Fünfzigtausend, fünfzigtausend. Warum laufe ich denn so? Nur langsam, langsam... Was will ich denn? Wie heißt der Mann? Herr von Dorsday. Komischer Name... Da ist ja das Spielzimmer. Grüner Vorhang vor der Tür. Man sieht nichts. Ich stelle mich auf die Zehenspitzen. Die Whistpartie. Die spielen jeden Abend. Dort spielen zwei Herren Schach. Herr von Dorsday ist nicht da. Viktoria. Gerettet! Wieso denn? Ich muß weitersuchen. Ich bin verdammt, Herrn von Dorsday zu suchen bis an mein Lebensende. Er sucht mich gewiß auch. Wir verfehlen uns immerfort. Vielleicht sucht er mich oben. Wir werden uns auf der Stiege treffen. Die Holländer sehen mich wieder an. Ganz hübsch die Tochter. Der alte Herr hat eine Brille, eine Brille, eine Brille... Fünfzigtausend. Es ist ja nicht soviel. Fünfzigtausend, Herr von Dorsday. Schumann? Ja, Karneval... Hab' ich auch einmal studiert. Schön spielt sie. Warum denn sie? Vielleicht ist es ein Er? Vielleicht ist es eine Virtuosin? Ich will einen Blick in den Musiksalon tun.

Da ist ja die Tür. – – Dorsday! Ich falle um. Dorsday! Dort

– .63 –

steht er am Fenster und hört zu. Wie ist das möglich? Ich verzehre mich – ich werde verrückt – ich bin tot – und er hört einer fremden Dame Klavierspielen zu. Dort auf dem Diwan sitzen zwei Herren. Der Blonde ist erst heute angekommen. Ich hab' ihn aus dem Wagen steigen sehen. Die Dame ist gar nicht mehr jung. Sie ist schon ein paar Tage lang hier. Ich habe nicht gewußt, daß sie so schön Klavier spielt. Sie hat es gut. Alle Menschen haben es gut... nur ich bin verdammt... Dorsday! Dorsday! Ist er das wirklich? Er sieht mich nicht. Jetzt schaut er aus, wie ein anständiger Mensch. Er hört zu. Fünfzigtausend! Jetzt

oder nie. Leise die Tür aufgemacht. Da bin ich, Herr von Dorsday! Er sieht mich nicht. Ich will ihm nur ein Zeichen mit den Augen geben, dann werde ich den Mantel ein wenig lüften, das ist genug. Ich bin ja ein junges Mädchen. Bin ein anständiges junges Mädchen aus guter Familie. Bin ja keine Dirne... Ich will fort. Ich will Veronal nehmen und schlafen. Sie haben sich geirrt, Herr von Dorsday, ich bin keine Dirne. Adieu, adieu! ...Ha, er schaut auf. Da bin ich, Herr von Dorsday. Was für

Augen er macht. Seine Lippen zittern. Er bohrt seine Augen in meine Stirn. Er ahnt nicht, daß ich nackt bin unter dem Mantel. Lassen Sie mich fort, lassen Sie mich fort! Seine Augen glühen. Seine Augen drohen. Was wollen Sie von mir? Sie sind ein Schuft. Keiner sieht mich als er. Sie hören zu. So kommen Sie doch, Herr von Dorsday! Merken Sie nichts? Dort im Fauteuil – Herrgott, im Fauteuil – das ist ja der Filou! Himmel, ich danke dir. Er ist wieder da, er ist wieder da! Er war nur auf einer Tour! Jetzt ist er wieder da. Der Römerkopf ist wieder da. Mein Bräutigam, mein Geliebter. Aber er sieht mich nicht. Er soll mich auch nicht sehen. Was wollen Sie, Herr von Dorsday? Sie schauen mich an, als wenn ich Ihre Sklavin wäre. Ich bin nicht Ihre Sklavin. Fünfzigtausend! Bleibt es bei unserer Abmachung, Herr von Dorsday? Ich bin bereit. Da bin ich. Ich bin ganz ruhig. Ich lächle. Verstehen Sie meinen Blick? Sein Auge spricht zu mir: komm! Sein Auge spricht: ich will dich nackt sehen. Nun, du Schuft, ich bin ja nackt. Was willst du denn noch? Schick die Depesche ab... Sofort... Es rieselt durch meine Haut. Die Dame spielt weiter. Köstlich rieselt es durch meine Haut. Wie wundervoll ist es nackt zu sein. Die Dame spielt weiter, sie weiß nicht, was hier geschieht. Niemand weiß es. Keiner noch sieht mich. Filou, Filou! Nackt stehe ich da. Dorsday reißt die Augen auf. Jetzt endlich glaubt er es. Der Filou steht auf. Seine Augen leuchten. Du verstehst mich, schöner Jüngling. »Haha!« Die Dame spielt nicht mehr. Der Papa ist gerettet. Fünfzigtausend! Adresse bleibt Fiala! »Ha, ha, ha!« Wer lacht denn da? Ich selber? »Ha, ha, ha!« Was sind denn das für Gesichter um mich? »Ha, ha, ha!« Zu dumm, daß ich lache. Ich will nicht lachen, ich will nicht. »Haha!« »*Else!*« – Wer ruft Else? Das ist Paul. Er muß hinter mir sein. Ich spüre einen Luftzug über meinen nackten Rücken. Es saust in meinen Ohren. Vielleicht bin ich schon tot? Was wollen Sie, Herr von Dorsday? Warum sind Sie so groß und stürzen über mich her? »Ha, ha, ha!«

Was habe ich denn getan? Was habe ich getan? Was habe ich getan? Ich falle um. Alles ist vorbei. Warum ist denn keine Mu-

sik mehr? Ein Arm schlingt sich um meinen Nacken. Das ist Paul. Wo ist denn der Filou? Da lieg ich. »Ha, ha, ha!« Der Mantel fliegt auf mich herab. Und ich liege da. Die Leute halten mich für ohnmächtig. Nein, ich bin nicht ohnmächtig. Ich bin bei vollem Bewußtsein. Ich bin hundertmal wach, ich bin tausendmal wach. Ich will nur immer lachen. »Ha, ha, ha!« Jetzt haben Sie Ihren Willen, Herr von Dorsday, Sie müssen Geld für Papa schicken. Sofort. »Haaaah!« Ich will nicht schreien, und ich muß immer schreien. Warum muß ich denn schreien? – Meine Augen sind zu. Niemand kann mich sehen. Papa ist gerettet. – »*Else!*« – Das ist die Tante. – »*Else! Else!*« – »*Ein Arzt, ein Arzt!*« – »*Geschwind zum Portier!*« – »*Was ist denn passiert?*« – »*Das ist ja nicht möglich.*« – »*Das arme Kind.*« – Was reden sie denn da? Was murmeln sie denn da? Ich bin kein armes Kind. Ich bin glücklich. Der Filou hat mich nackt gesehen. O, ich schäme mich so. Was habe ich getan? Nie wieder werde ich die Augen öffnen. – »*Bitte, die Türe schließen.*«. – Warum soll man die Türe schließen? Was für Gemurmel. Tausend Leute sind um mich. Sie halten mich

– 66 –

alle für ohnmächtig. Ich bin nicht ohnmächtig. Ich träume nur. – »Beruhigen Sie sich doch, gnädige Frau.« – »Ist schon um den Arzt geschickt?« – »Es ist ein Ohnmachtsanfall.« – Wie weit sie alle weg sind. Sie sprechen alle vom Cimone herunter. – »Man kann sie doch nicht auf dem Boden liegen lassen.« – »Hier ist ein Plaid.« – »Eine Decke.« – »Decke oder Plaid, das ist ja gleichgültig.« – »Bitte doch um Ruhe.« – »Auf den Diwan.« – »Bitte doch endlich die Türe zu schließen.« – »Nicht so nervös sein, sie ist ja geschlossen.« – »Else! Else!« – Wenn die Tante nur endlich still wär! – »Hörst du mich Else?« – »Du siehst doch, Mama, daß sie ohnmächtig ist.« – Ja, Gott sei Dank, für euch bin ich ohnmächtig. Und ich bleibe auch ohnmächtig. – »Wir müssen sie auf ihr Zimmer bringen.« – »Was ist denn da geschehen? Um Gottes willen!« – Cissy. Wie kommt denn Cissy auf die Wiese. Ach, es ist ja nicht die Wiese. – »Else!« – »Bitte um Ruhe.« – »Bitte ein wenig zurückzutreten.« – Hände, Hände unter mir. Was wollen sie denn? Wie schwer ich bin. Pauls Hände. Fort, fort. Der Filou ist in meiner Nähe, ich spüre es. Und Dorsday ist fort. Man muß ihn suchen. Er darf sich nicht umbringen, ehe er die fünfzigtausend abgeschickt hat. Meine Herrschaften, er ist mir Geld schuldig. Verhaften sie ihn. »Hast du eine Ahnung, von wem die Depesche war, Paul?« – »Guten Abend, meine Herrschaften.« – »Else, hörst du mich?« – »Lassen Sie sie doch, Frau Cissy.« – »Ach Paul.« – »Der Direktor sagt, es kann vier Stunden dauern, bis der Doktor da ist.« – »Sie sieht aus, als wenn sie schliefe.« – Ich liege auf dem Diwan. Paul hält meine Hand, er fühlt mir den Puls. Richtig, er ist ja Arzt. – »Von Gefahr ist keine Rede, Mama. Ein – Anfall.« »Keinen Tag länger bleibe ich im Hotel.« – »Bitte dich, Mama.« – »Morgen früh reisen wir ab.« – »Aber einfach über die Dienerschaftsstiege. Die Tragbare wird sofort hier sein.« – Bahre? Bin ich nicht heute schon auf einer Bahre gelegen? War ich nicht schon tot? Muß ich denn noch einmal sterben? – »Wollen Sie nicht dafür sorgen, Herr Direktor, daß die Leute sich endlich von der Türe entfernen.« – »Rege dich doch nicht auf, Mama.« – »Es ist eine Rücksichtslosigkeit von den Leuten.« – Warum flüstern sie denn alle? Wie in einem Sterbezimmer. Gleich wird die Bahre da sein. Mach' auf das Tor, Herr Matador! – »Der Gang ist frei.« – »Die

– 67 –

Leute könnten doch wenigstens so viel Rücksicht haben.« – »*Ich bitte dich, Mama, beruhige dich doch.«* – »*Bitte, gnädige Frau.«* – »*Wollen Sie sich nicht ein wenig meiner Mutter annehmen, Frau Cissy?«* – Sie ist seine Geliebte, aber sie ist nicht so schön wie ich. Was ist denn schon wieder? Was geschieht denn da? Sie bringen die Bahre. Ich sehe es mit geschlossenen Augen. Das ist die Bahre, auf der sie die Verunglückten tragen. Auf der ist auch der Doktor Zigmondi gelegen, der vom Cimone abgestürzt ist. Und jetzt werde ich auf der Bahre liegen. Ich bin auch abgestürzt. »Ha!« Nein, ich will nicht noch einmal schreien. Sie flüstern. Wer beugt sich über meinen Kopf? Es riecht gut nach Zigaretten. Seine Hand ist unter meinem Kopf. Hände unter meinem Rükken, Hände unter meinen Beinen. Fort, fort, rührt mich nicht an. Ich bin ja nackt. Pfui, pfui. Was wollt Ihr denn? Laßt mich in Ruhe. Es war nur für Papa. – »*Bitte vorsichtig, so, langsam.«* – »*Der Plaid?«* – »*Ja, danke, Frau Cissy.«* – Warum dankt er ihr? Was hat sie denn getan? Was geschieht mit mir? Ah, wie gut, wie gut. Ich schwebe. Ich schwebe. Ich schwebe hinüber. Man trägt mich, man trägt mich, man trägt mich zu Grabe. – »*Aber mir sein das g'wohnt, Herr Doktor. Da sind schon Schwerere darauf gelegen. Im vorigen Herbst einmal zwei zugleich.«* – »*Pst, pst.«* – »*Vielleicht sind Sie so gut, vorauszugehen, Frau Cissy, und sehen, ob in Elses Zimmer alles in Ordnung ist.«* – Was hat Cissy in meinem Zimmer zu tun? Das Veronal, das Veronal! Wenn sie es nur nicht weggießen. Dann müßte ich mich doch zum Fenster hinunterstürzen. »*Danke sehr, Herr Direktor, bemühen Sie sich nicht weiter.«* – »*Ich werde mir erlauben, später wieder nachzufragen.«* – Die Treppe knarrt, die Träger haben schwere Bergstiefel. Wo sind meine Lackschuhe? Im Musikzimmer geblieben. Man wird sie stehlen. Ich habe sie der Agathe vermachen wollen. Fred kriegt meine Füllfeder. Sie tragen mich, sie tragen mich. Trauerzug. Wo ist Dorsday, der Mörder? Fort ist er. Auch der Filou ist fort. Er ist gleich wieder auf die Wanderschaft gegangen. Er ist nur zurückgekommen, um einmal meine weißen Brüste zu sehen. Und jetzt ist er wieder fort. Er geht einen schwindligen Weg zwischen Felsen und Abgrund; – leb' wohl, leb' wohl. – Ich

– 68 –

schwebe, ich schwebe. Sie sollen mich nur hinauftragen, immer weiter, bis zum Dache, bis zum Himmel. Das wäre so bequem. – »*Ich habe es ja kommen gesehen, Paul.*« – Was hat die Tante kommen gesehen? – »*Schon die ganzen letzten Tage habe ich so etwas kommen gesehen. Sie ist überhaupt nicht normal. Sie muß natürlich in eine Anstalt.*« – »*Aber Mama, jetzt ist doch nicht der Moment davon zu reden.*« – Anstalt –? Anstalt –?! – »*Du denkst doch nicht, Paul, daß ich in ein und demselben Coupé mit dieser Person nach Wien fahren werde. Da könnte man schöne Sachen erleben.*« – »*Es wird nicht das Geringste passieren, Mama. Ich garantiere dir, daß du keinerlei Ungelegenheiten haben wirst.*« – »*Wie kannst du das garantieren?*« – Nein, Tante, du sollst keine Ungelegenheiten haben. Niemand wird Ungelegenheiten haben. Nicht einmal Herr von Dorsday. Wo sind wir denn? Wir bleiben stehen. Wir sind im zweiten Stock. Ich werde blinzeln. Cissy steht in der Tür und spricht mit Paul. – »*Hieher bitte. So. So. Hier. Danke. Rücken Sie die Bahre ganz nah ans Bett heran.*« – Sie heben die Bahre. Sie tragen mich. Wie gut. Nun bin ich wieder zu Hause. Ah! – »*Danke. So, es ist schon recht. Bitte die Türe zu schließen. – Wenn Sie so gut sein wollten mir zu helfen, Cissy.*« – »*O, mit Vergnügen, Herr Doktor.*« – »*Langsam, bitte. Hier, bitte, Cissy, fassen Sie sie an. Hier an den Beinen. Vorsichtig. Und dann – – Else – –? Hörst du mich, Else?*« – Aber natürlich höre ich dich, Paul. Ich höre alles. Aber was geht euch das an. Es ist ja so schön, ohnmächtig zu sein. Ach, macht, was ihr wollt. – »*Paul!*« – »*Gnädige Frau?*« – »*Glaubst du wirklich, daß sie bewußtlos ist, Paul?*« – Du? Sie sagt ihm du. Hab' ich euch erwischt! Du sagt sie ihm! – »*Ja, sie ist vollkommen bewußtlos. Das kommt nach solchen Anfällen gewöhnlich vor.*« – »*Nein, Paul, du bist zum Kranklachen, wenn du dich so erwachsen als Doktor benimmst.*« – Hab' ich euch, Schwindelbande! Hab' ich euch? – »*Still, Cissy.*« – »*Warum denn, wenn sie nichts hört?!*« – Was ist denn geschehen? Nackt liege ich im Bett unter der Decke. Wie haben sie das gemacht? – »*Nun, wie geht's? Besser?*« – Das ist ja die Tante. Was will sie denn da? – »*Noch immer ohnmächtig?*« – Auf den Zehenspitzen schleicht sie heran. Sie soll zum Teufel gehen. Ich laß mich in keine Anstalt bringen. Ich bin nicht irrsinnig. – »*Kann man sie nicht zum Be-*

wußtsein erwecken?« – »Sie wird bald wieder zu sich kommen, Mama. Jetzt braucht sie nichts als Ruhe. Übrigens du auch, Mama. Möchtest du nicht schlafen gehen? Es besteht absolut keine Gefahr. Ich werde zusammen mit Frau Cissy bei Else Nachtwache halten.« – »Jawohl, gnädige Frau, ich bin die Gardedame. Oder Else, wie man's nimmt.« – Elendes Frauenzimmer. Ich liege hier ohnmächtig und sie macht Späße *»Und ich kann mich darauf verlassen, Paul, daß du mich wecken läßt, sobald der Arzt kommt?« – »Aber Mama, der kommt nicht vor morgen früh.« – »Sie sieht aus, als wenn sie schliefe. Ihr Atem geht ganz ruhig.« – »Es ist ja auch eine Art von Schlaf, Mama.« – »Ich kann mich noch immer nicht fassen, Paul, ein solcher Skandal! – Du wirst sehen, es kommt in die Zeitung!« – »Mama!« – »Aber sie kann doch nichts hören, wenn sie ohnmächtig ist. Wir reden doch ganz leise.« – »In diesem Zustand sind die Sinne manchmal unheimlich geschärft.« – »Sie haben einen so gelehrten Sohn, gnädige Frau.« – »Bitte dich, Mama, geh' zu Bette.« – »Morgen reisen wir ab unter jeder Bedingung. Und in Bozen nehmen wir eine Wärterin für Else.« –* Was? Eine Wärterin? Da werdet ihr euch aber täuschen. – *»Über all' das reden wir morgen, Mama. Gute Nacht, Mama.« – »Ich will mir einen Tee aufs Zimmer bringen lassen und in einer Viertelstunde schau ich noch einmal her.« – »Das ist doch absolut nicht notwendig, Mama.« –* Nein, notwendig ist es nicht. Du sollst überhaupt zum Teufel gehen. Wo ist das Veronal? Ich muß noch warten. Sie begleiten die Tante zur Türe. Jetzt sieht mich niemand. Auf dem Nachttisch muß es ja stehen, das Glas mit dem Veronal. Wenn ich es austrinke, ist alles vorbei. Gleich werde ich es trinken. Die Tante ist fort. Paul und Cissy stehen noch an der Tür. Ha. Sie küßt ihn. Sie küßt ihn. Und ich liege nackt unter der Decke. Schämt ihr euch denn gar nicht? Sie küßt ihn wieder. Schämt ihr euch nicht? – *»Siehst du, Paul, jetzt weiß ich, daß sie ohnmächtig ist. Sonst wäre sie mir unbedingt an die Kehle gesprungen.« »Möchtest du mir nicht den Gefallen tun und schweigen, Cissy?« – »Aber was willst du denn, Paul? Entweder ist sie wirklich bewußtlos. Dann hört und sieht sie nichts. Oder sie hält uns zum Narren. Dann geschieht ihr ganz recht.« – »Es hat geklopft, Cissy.« – »Mir kam es auch so vor.« – »Ich will leise aufmachen und sehen wer es ist. – Guten Abend Herr*

– 70 –

von Dorsday.« – *»Verzeihen Sie, ich wollte nur fragen, wie sich die Kranke«* – Dorsday! Dorsday! Wagt er es wirklich? Alle Bestien sind losgelassen. Wo ist er denn? Ich höre sie flüstern vor der Tür. Paul und Dorsday. Cissy stellt sich vor den Spiegel hin. Was machen Sie vor dem Spiegel dort? Mein Spiegel ist es. Ist nicht mein Bild noch drin? Was reden sie draußen vor der Tür, Paul und Dorsday? Ich fühle Cissys Blick. Vom Spiegel aus sieht sie zu mir her. Was will sie denn? Warum kommt sie denn näher? Hilfe! Hilfe! Ich schreie doch, und keiner hört mich. Was wollen Sie an meinem Bett, Cissy?! Warum beugen Sie sich herab? Wollen Sie mich erwürgen? Ich kann mich nicht rühren. – *»Else!«* – Was will sie denn? – *»Else! Hören Sie mich, Else?«* – Ich höre, aber ich schweige. Ich bin ohnmächtig, ich muß schweigen. – *»Else, Sie haben uns in einen schönen Schreck versetzt.«* – Sie spricht zu mir. Sie spricht zu mir, als wenn ich wach wäre. Was will sie denn? – *»Wissen Sie, was Sie getan haben, Else? Denken Sie, nur mit dem Mantel bekleidet sind Sie ins Musikzimmer getreten, sind plötzlich nackt dagestanden vor allen Leuten und dann sind Sie ohnmächtig hingefallen. Ein hysterischer Anfall wird behauptet. Ich glaube kein Wort davon. Ich glaube auch nicht, daß Sie bewußtlos sind. Ich wette, Sie hören jedes Wort, das ich rede.«* – Ja, ich höre, ja, ja, ja. Aber sie hört mein Ja nicht. Warum denn nicht? Ich kann meine Lippen nicht bewegen. Darum hört sie mich nicht. Ich kann mich nicht rühren. Was ist denn mit mir? Bin ich tot? Bin ich scheintot? Träume ich? Wo ist das Veronal? Ich möchte mein Veronal trinken. Aber ich kann den Arm nicht ausstrecken. Gehen Sie fort, Cissy. Warum sind Sie über mich gebeugt? Fort, fort! Nie wird sie wissen, daß ich sie gehört habe. Niemand wird es je wissen. Nie wieder werde ich zu einem Menschen sprechen. Nie wache ich wieder auf. Sie geht zur Türe. Sie wendet sich noch einmal nach mir um. Sie öffnet die Türe. Dorsday! Dort steht er. Ich habe ihn gesehen mit geschlossenen Augen. Nein, ich sehe ihn wirklich. Ich habe ja die Augen offen. Die Türe ist angelehnt. Cissy ist auch draußen. Nun flüstern sie alle. Ich bin allein. Wenn ich mich jetzt rühren könnte.

Ha, ich kann ja, kann ja. Ich bewege die Hand, ich rege die Finger, ich strecke den Arm, ich sperre die Augen weit auf. Ich sehe, ich sehe. Da steht mein Glas. Geschwind, ehe sie wieder ins Zimmer kommen. Sind es nur Pulver genug?! Nie wieder darf ich erwachen. Was ich zu tun hatte auf der Welt, habe ich getan. Der Papa ist gerettet. Niemals könnte ich wieder unter Menschen gehen. Paul guckt durch die Türspalte herein. Er denkt, ich bin noch ohnmächtig. Er sieht nicht, daß ich den Arm beinahe schon ausgestreckt habe. Nun stehen sie wieder alle drei draußen vor der Tür, die Mörder! – Alle sind sie Mörder. Dorsday und Cissy und Paul, auch Fred ist ein Mörder und die Mama ist eine Mörderin. Alle haben sie mich gemordet und machen sich nichts wissen. Sie hat sich selber umgebracht, werden sie sagen. Ihr habt mich umgebracht, ihr alle, ihr alle! Hab' ich es endlich? Geschwind, geschwind! Ich muß. Keinen Tropfen verschütten. So. Geschwind. Es schmeckt gut. Weiter, weiter. Es ist gar kein Gift. Nie hat mir was so gut geschmeckt. Wenn ihr wüßtet, wie gut der Tod schmeckt! Gute Nacht, mein Glas. Klirr, klirr! Was ist denn das? Auf dem Boden liegt das Glas. Unten liegt es. Gute Nacht. – »*Else, Else!*« – Was wollt ihr denn? – »*Else!*« – Seid ihr wieder da? Guten Morgen. Da lieg' ich bewußtlos mit geschlossenen Augen. Nie wieder sollt ihr meine Augen sehen. – »*Sie muß sich bewegt haben, Paul, wie hätte es sonst herunterfallen können?*« – »*Eine unwillkürliche Bewegung, das wäre schon möglich.*« – »*Wenn sie nicht wach ist.*« – »*Was fällt dir ein, Cissy. Sieh sie doch nur an.*« – Ich habe Veronal getrunken. Ich werde sterben. Aber es ist geradeso wie vorher. Vielleicht war es nicht genug... Paul faßt meine Hand. – »*Der Puls geht ruhig. Lach' doch nicht, Cissy. Das arme Kind.*« – »*Ob du mich auch ein armes Kind nennen würdest, wenn ich mich im Musikzimmer nackt hingestellt hätte?*« – »*Schweig' doch, Cissy.*« – »*Ganz nach Belieben, mein Herr. Vielleicht soll ich mich entfernen, dich mit dem nackten Fräulein allein lassen. Aber bitte, geniere dich nicht. Tu' als ob ich nicht da wäre.*« – Ich habe Veronal getrunken. Es ist gut. Ich werde sterben. Gott sei Dank. – »*Übrigens weißt du, was mir vorkommt. Daß dieser Herr von Dorsday in das nackte Fräulein verliebt ist. Er war so erregt, als ginge ihn die Sache persönlich an.«* – Dorsday, Dorsday! Das ist ja der – Fünfzigtausend! Wird er sie abschicken? Um Gottes willen, wenn er sie nicht abschickt? Ich muß es ihnen sagen. Sie müssen ihn zwingen. Um Gottes willen, wenn alles umsonst gewesen ist? Aber jetzt kann man mich noch retten. Paul! Cissy! Warum hört ihr mich denn nicht? Wißt ihr denn nicht, daß ich sterbe? Aber ich spüre nichts. Nur müde bin ich, Paul! Ich bin müde. Hörst du mich denn nicht? Ich bin müde, Paul. Ich kann die Lippen nicht öffnen. Ich kann die Zunge nicht bewegen, aber ich bin noch nicht tot. Das ist das Veronal. Wo seid ihr denn? Gleich schlafe ich ein. Dann wird es zu spät sein! Ich höre sie gar nicht reden. Sie reden und ich weiß nicht was. Ihre Stimmen brausen so. So hilf mir doch, Paul! Die Zunge ist mir so schwer. – *»Ich glaube, Cissy, daß sie bald erwachen wird. Es ist, als wenn sie sich schon mühte, die Augen zu öffnen. Aber Cissy, was tust du denn?«* – *»Nun, ich umarme dich. Warum denn nicht? Sie hat sich auch nicht geniert.«* – Nein, ich habe mich nicht geniert. Nackt bin ich dagestanden vor allen Leuten. Wenn ich nur reden könnte, so würdet ihr verstehen warum. Paul! Paul! Ich will, daß ihr mich hört. Ich habe Veronal getrunken, Paul, zehn Pulver, hundert. Ich hab' es nicht tun wollen. Ich war verrückt. Ich will nicht sterben. Du sollst mich retten, Paul. Du bist ja Doktor. Rette mich! – *»Jetzt scheint sie wieder ganz ruhig geworden. Der Puls – der Puls ist ziemlich regelmäßig.«* – Rette mich, Paul. Ich beschwöre dich. Laß mich doch nicht sterben. Jetzt ist's noch Zeit. Aber dann werde ich einschlafen und ihr werdet es nicht wissen. Ich will nicht sterben. So rette mich doch. Es war nur wegen Papa. Dorsday hat es verlangt. Paul! Paul! – *»Schau mal her, Cissy, scheint dir nicht, daß sie lächelt?«* – *»Wie sollte sie nicht lächeln, Paul, wenn du immerfort zärtlich ihre Hand hältst.«* – Cissy, Cissy, was habe ich dir denn getan, daß du so böse zu mir bist. Behalte deinen Paul – aber laßt mich nicht sterben. Ich bin noch so jung. Die Mama wird sich kränken. Ich will noch auf viele Berge klettern. Ich will noch tanzen. Ich will auch einmal heiraten. Ich will noch reisen. Morgen machen wir die Partie auf den Cimone. Morgen wird ein wunderschöner Tag sein. Der Filou soll mitkommen. Ich lade ihn ergebenst ein. Lauf' ihm doch nach, Paul, er geht einen so schwindligen Weg. Er wird dem Papa begegnen. Adresse bleibt Fiala, vergiß nicht. Es sind nur fünfzigtausend, und dann ist alles in Ordnung. Da marschieren sie alle im Sträflingsgewand und singen. Mach' auf das Tor, Herr Matador! Das ist ja alles nur ein Traum. Da geht auch Fred mit dem heiseren Fräulein und unter dem freien Himmel steht das Klavier. Der Klavierstimmer wohnt in der Bartensteinstraße, Mama! Warum hast du ihm denn nicht geschrieben, Kind? Du vergißt aber alles. Sie sollten mehr Skalen üben, Else. Ein Mädel mit dreizehn Jahren sollte fleißiger sein. – Rudi war auf dem Maskenball und ist erst um acht Uhr früh nach Hause gekommen. Was hast du mir mitgebracht, Papa? Dreißigtausend Puppen. Da brauch ich ein eigenes Haus dazu. Aber sie können auch im Garten spazierengehen. Oder auf den Maskenball mit Rudi. Grüß dich Gott, Else. Ach Bertha, bist du wieder aus Neapel zurück? Ja, aus Sizilien. Erlaube, daß ich dir meinen Mann vorstelle, Else. Enchanté, Monsieur. – *»Else, hörst du mich, Else? Ich bin es, Paul.«* – Haha, Paul. Warum sitzest du denn auf der Giraffe im Ringelspiel? – *»Else, Else!«* – So reit' mir doch nicht davon. Du kannst mich doch nicht hören, wenn du so schnell durch die Hauptallee reitest. Du sollst mich ja retten. Ich habe Veronalica genommen. Das läuft mir über die Beine, rechts und links, wie Ameisen. Ja, fang' ihn nur, den Herrn von Dorsday. Dort läuft er. Siehst du ihn denn nicht? Da springt er über den Teich. Er hat ja den Papa umgebracht. So lauf' ihm doch nach. Ich laufe mit. Sie haben mir die Bahre auf den Rücken geschnallt, aber ich laufe mit. Meine Brüste zittern so. Aber ich laufe mit. Wo bist du denn, Paul? Fred, wo bist du? Mama, wo bist du? Cissy? Warum laßt ihr mich denn allein durch die Wüste laufen? Ich habe ja Angst so allein. Ich werde lieber fliegen. Ich habe ja gewußt, daß ich fliegen kann.

»Else!« ...

»Else!« ...

Wo seid ihr denn? Ich höre euch, aber ich sehe euch nicht.

»Else!» ...

»Else!« . . .

»Else! . . .*«*

Was ist denn das? Ein ganzer Chor? Und Orgel auch? Ich singe mit. Was ist es denn für ein Lied? Alle singen mit. Die Wälder auch und die Berge und die Sterne. Nie habe ich etwas so Schönes gehört. Noch nie habe ich eine so helle Nacht gesehen. Gib mir die Hand, Papa. Wir fliegen zusammen. So schön ist die Welt, wenn man fliegen kann. Küss' mir doch nicht die Hand. Ich bin ja dein Kind, Papa.

»Else! Else!«

Sie rufen von so weit! Was wollt ihr denn? Nicht wecken. Ich schlafe ja so gut. Morgen früh. Ich träume und fliege. Ich fliege... fliege... fliege... schlafe und träume... und fliege... nicht wecken... morgen früh...

»El...«

Ich fliege... ich träume... ich schlafe... ich träu... träu – ich flie......

Die Frau des Richters

Nach zweiunddreißigjähriger Regierung, im siebenundfünfzigsten Jahre seines Lebens, wurde Karl Eberhard XVI., Herzog von Sigmaringen, im Hause der Gartenmägdlein, und zwar dem Gerüchte nach in den Armen des allerjüngsten, von einem plötzlichen Tode ereilt. Haus der Gartenmägdlein, so nämlich wurde im Volke das Jagdschloß Karolslust genannt, das, drei Wagenstunden von der Residenz und kaum eine halbe von dem Landstädtchen Karolsmarkt entfernt, innerhalb weitgedehnter Waldungen gelegen war, und in dem die herzoglicher Gunst sich erfreuenden Mädchen oder Frauen – stets zehn bis fünfzehn an der Zahl – ein zwar sorgenfreies, aber im übrigen höchst eingeschränktes Leben führten.

Für den Fall seines plötzlichen Hinscheidens hatte der Herzog schon vor längerer Zeit die Verfügung getroffen, daß sämtliche Gartenmägdlein, mit Geldmitteln ausreichend versehen, unverzüglich aus dem Schlosse zu entfernen und über die nahe Grenze zu bringen wären. Daher stand nach getreuer Ausführung des Befehls durch die des Gehorchens gewöhnten Verwalter und Hofbediensteten nicht nur das Residenzschloß Sigmaringen, sondern auch Karolslust schon wenige Tage nach dem Tode des Herzogs zum Empfange des neuen Herrn bereit, der, wie allgemein bekannt war, Art und Wandel seines Vaters stets mißbilligt und, seit Eintritt seiner Mündigkeit immer auf Reisen, das Herzogtum, das er später regieren sollte, schon drei Jahre lang nicht mehr betreten hatte. So war er von der Trauernachricht in Paris ereilt worden, wo er nicht nur in höfischen und adligen Kreisen wohl aufgenommen war, sondern auch, mehr den Hohn als die Erbitterung seines Vaters herausfordernd, mit Gelehrten und Schriftstellern, darunter mit den berühmten Enzyklopädisten Diderot und Baron von Grimm, persönlichen Verkehr gepflogen hatte.

– 76 –

Der verstorbene Herzog, in jungen Jahren beim Volk ziemlich verhaßt gewesen, hatte seinen Untertanen längst keinen Anlaß zu ernstlicher Klage mehr gegeben. Im Genusse großer Einkünfte aus dem Erbe seiner früh dahingeschiedenen, mit dem unermeßlich reichen polnischen Fürstengeschlecht der Poniatowski verschwägerten Gattin, durfte er darauf verzichten, das Volk mit Steuern und Abgaben über Gebühr zu belasten, und hatte sich's, insbesondere in den letzten Jahren, an den Vergnügungen der Jagd und an der Gesellschaft seiner Gartenmägdlein so völlig genügen lassen, daß ihm für politische und soldatische Spielereien keine Zeit übriggeblieben war. Obwohl sich's daher in dem kleinen Lande, das ein rüstiger Fußgänger in sieben Tagen umwandern mochte, behaglicher und ungefährdeter leben ließ als in manchem andern deutschen Fürstentum, fehlte es auch hier nicht an Unzufriedenen und Aufmuckern, deren manche sich zuweilen kecker äußerten als ihre Gleichgesinnten in anderen Ländern, wo eine allzu freie oder gar aufrührerische Rede nicht nur dem Sprecher, sondern wohl auch dem Zuhörer hätte übel geraten können.

Als der verwegenste Schwätzer im Fürstentum, ja überhaupt als ein bedenklicher Geselle, galt ein gewisser Tobias Klenk, der immer wieder, auch wenn man ihn schon für alle Zeit losgeworden zu sein glaubte, in seinem Geburtsstädtchen Karolsmarkt auftauchte, wo seine Mutter, eine Schlosserswitwe, zurückgezogen und in dürftigen Umständen lebte. Ihre beiden Zwillingstöchter, Brigitte und Maria, hatten schon als Sechzehnjährige, keineswegs ohne Zustimmung der Mutter, im Hause der Gartenmägdlein Aufnahme gefunden, wo es ihnen gar nicht übel erging, um so weniger, als sie beide, durch die nachbarlichen Umstände begünstigt, öfters Gelegenheit hatten, auf halbe oder ganze Tage zu entweichen und das ärmliche Haus der Mutter mit Backwerk und Wein zu versehen; daran mitzunaschen und mitzutrinken der Bruder Tobias, wenn auch unter allerlei höhnischen Reden, keineswegs verschmähte. Doch schon zehn Jahre vor dem plötzlichen Hinscheiden des Herzogs waren sie aus dem Lustschlößchen und zugleich aus dem Lande geflohen, ohne von ihrer Mutter oder sonst irgendeinem Menschen Abschied zu nehmen.

Geraume Zeit nach ihrem Verschwinden überbrachte ein unbekannter Reisender der alternden Frau Grüße ihrer Töchter aus Rom, wo diese in zweideutigen, aber gesicherten Verhältnissen zu leben schienen; sowie ein ansehnliches Geldgeschenk. Solches wiederholte sich einige Male im Lauf der Jahre, nur daß die Grüße und Gaben stets von einem anderen Reisenden überbracht wurden, – bis endlich auch dies ein Ende nahm und die Zwillingsschwestern für alle Zukunft verschollen blieben.

Ihr Bruder Tobias aber erschien in gemessenen Abständen immer wieder in seinem Heimatsort, ohne daß man je gewußt hätte, woher und warum; wie auch er selbst sich über seine Weltfahrten und sonstigen Umstände nur obenhin und in unklaren Andeutungen auszulassen liebte. Jedenfalls war er weit herumgekommen, hatte trotz mangelnder Vorbildung an verschiedenen deutschen Universitäten studiert und randaliert, später – niemand wußte, unter welchem Feldherrn und auf welchen Kriegsschauplätzen – als Soldat gefochten, war mit einem jungen Baron in Spanien, Portugal und England als Reisebegleiter oder Hofmeister umhergezogen und in allerlei mehr oder minder ehrenvolle Händel verwickelt gewesen, wobei er öfters mit der Polizei und den Gerichten, wohl auch mit den Gefängnissen näher Bekanntschaft gemacht haben sollte. Noch etliche Jahre vor dem Tod des alten Herzogs war er sehr vornehm, fast kavaliermäßig angetan, in Karolsmarkt aufgetaucht, hatte seiner Mutter Leinenzeug und Tuch aus Holland, sowie ein Halbdutzend silberne Teller mitgebracht, an der Tafel beim ›Goldenen Ochsen‹ eine Woche lang alle Bekannten freigehalten, und war eines Abends mittels einer alten Kutsche, in der eine nicht mehr ganz junge, reichgekleidete Dame saß, aus dem Wirtshaus abgeholt worden; seither aber war er von einem Mal zum anderen in immer verschlissenerem Gewand, in immer verdrossenerer Laune und mit trotzdem immer loserem Maul – stets nur zu kurzem Aufenthalt – in Karolsmarkt aufgetaucht; – und so hatte es sich gefügt, daß er gerade an dem Tage, da man den alten

Herzog in der Gruft seiner Ahnen beisetzte, in schlimmerem Zustand als je, beinahe zerlumpt, in Karolsmarkt eingetroffen war, und sich nun als dreiunddreißigjähriger Mensch anschickte, seiner alten Mutter, die sich längst auch von dem letzten silbernen Teller hatte trennen müssen, und sich ihren Unterhalt mühselig durch Näh- und Flickarbeiten in fremden Häusern verdiente, in der Tasche zu liegen.

Aber trotz seines üblen Aus- und Ansehens nahm er allabendlich seinen Platz wie ihm gebührend am Wirtshaustische ein, und obwohl es manchem friedlichen Bürger bei seinen frechen und lästerlichen Reden unbehaglich zumute ward, hörten sie ihn nicht nur mit leidlicher Geduld und Nachsicht an, sondern es zahlte sogar, wie nach einer stillen Verabredung, jeden Abend ein anderer für ihn die Zeche, in geheimer Angst vor dem abenteuerlichen Menschen, den sie, ohne es einer dem anderen zu gestehen, nach seinen wilden Reden jedes bösen Tuns, ja – vielleicht zu Unrecht – selbst einer hinterhältigen Rache für fähig hielten.

Es kam wohl vor, daß der eine oder der andere Tischgenosse ihn mit ängstlichen, wenn auch scherzhaft klingenden Worten zu beschwichtigen suchte; dafür aber gab es einen, der niemals anstand, seine Partei zu ergreifen, ihm wohl auch in seinen aufrührerischen Reden mit Gründen anscheinend philosophischer und historischer Natur beizustehen und sich bei solcher Gelegenheit zuweilen zu noch schlimmeren und gefährlicheren Äußerungen, ja bis zu Prophezeiungen und Drohungen zu versteigen pflegte, wie man sie nicht einmal von Tobias Klenk zu hören gewohnt war. Und dieser eine war wunderlicherweise kein anderer als der Richter in Karolsmarkt, Adalbert Wogelein, ein Altersgenosse und einstiger Schulkamerad des Tobias.

Beider Eltern hatten in den gleichen, zwar bescheidenen, doch auskömmlichen Verhältnissen gelebt, bis durch den frühen Tod des Schlossermeisters, der die Seinen vermögenslos zurückgelassen, sich zwischen den beiden Familien eine Kluft aufzutun begonnen hatte, die sich von Jahr zu Jahr weiter spannte. Dies konnte aber dem Freundschaftsband zwischen den beiden Knaben nichts anhaben, schien es vielmehr in eigentümlicher Weise nur noch fester zu knüpfen. Adalbert, ein musterhaft sanfter und fleißiger Schüler, geriet nämlich zu dem ungebärdigen und leichtfertigen Tobias in ein Verhältnis von unbegreiflicher Botmäßigkeit, so daß er sich von ihm nicht nur allerlei kindlichen harmlosen Spaß, sondern auch gelegentliche Bosheit und Tyrannei mit Langmut, ja beinahe mit Lust, gefallen ließ.

Geschah es einmal, daß Adalbert versuchte sich aufzulehnen, indem er etwa sich weigerte, dem anderen bei der Lösung einer Rechenaufgabe behilflich zu sein oder sich an irgendeinem Bubenstreich zu beteiligen, so verstand es Tobias, ihn schon dadurch zu bestrafen, daß er so lange kein Wort an ihn richtete, ja nicht einmal seine Anrede zu hören schien, bis Adalbert nicht umhin konnte, nachzugeben oder gar den Kameraden unterwürfig um Verzeihung zu bitten.

Einmal, kurz nach dem Tode des Schlossermeisters, in der Pause zwischen zwei Schulstunden, ließ sich Adalbert einfallen, dem Freund, der gewissermaßen von einem Tag zum anderen ein armer Schlucker geworden war, zum Ankauf von Brot und Wurst ein paar Silbergroschen anzubieten, worauf ihm als Erwiderung und Dank eine kräftige Ohrfeige zuteil wurde. Doch eine Viertelstunde darauf, unwirsch befehlenden Tons, forderte Tobias von Adalbert alles Eßbare, das dieser bei sich trug, wie eine ihm rechtens zustehende Abgabe ein; und während er sich's vortrefflich schmecken ließ, verhöhnte er den anderen, der mit hungrigem Magen dabeistehen und zusehen mußte.

Ein andermal wieder hatte Adalbert auf einem Spaziergang nahe der Stadt die Schwestern des Tobias zufällig getroffen, als – ob ebenso zufällig, war schwer zu entscheiden – Tobias ihnen in den Weg lief und ohne jeden Anlaß behauptete, daß Adalbert sich gegen die beiden Mädchen, die damals fünfzehn Jahre zählten, ungebührlich benommen habe, ihn unter Drohungen aufforderte, sich mit größter Beschleunigung davonzumachen und ihm verbot, jemals wieder ein Wort an die Mädchen zu richten. Wenige Tage später lief Adalbert den Geschwistern abends an einer Straßenecke unversehens in die Arme, machte sofort Anstalt, in weitem Bogen auszuweichen, worauf Tobias ihn gebieterisch heranwinkte, das Ansinnen an ihn stellte, Brigitte und Maria nacheinander auf den Mund zu küssen, und den Unschlüssigen so lange in die Rippen puffte, bis der nicht anders konnte, als sich der unbegreiflichen Laune des Freundes zu fügen. Noch aber spürte er die brennenden Lippen der Mädchen auf den seinen, als ihn Tobias auch schon mit harten Worten anfuhr und ihn warnte, sich im Laufe der nächsten Tage bei Gefahr schwerer Prügelstrafe vor ihm und den Schwestern blicken zu lassen, – worauf sich Adalbert, vom Gelächter der Geschwister verfolgt, im zwiespältigen Nachgefühl eines bittersüßen Erlebnisses um die nächste Ecke davonschlich.

Als wenige Tage nach diesem Vorkommnis die beiden Mädchen, wie die Nachbarschaft übrigens seit geraumer Zeit prophezeit hatte, aus der elterlichen Wohnung in das Haus der Gartenmägdlein übersiedelt waren, äußerte sich Tobias vorerst zu Adalbert wie zu einem vertrauten Freunde in finster drohenden Worten über die Unbill, die seinen tugendhaften Schwestern widerfahren sei, schien sich aber bald um so williger in sein und ihr Schicksal zu fügen, als die Zustände im Mutterhaus von diesem Zeitpunkt an sich zusehends behaglicher gestalteten. In der Schule freilich, soweit es Tobias überhaupt beliebte, sie zu besuchen, wollte er immer weniger gut tun; und für den braven Adalbert wurde es geradezu bedenklich, ein Freundschaftsverhältnis aufrechtzuerhalten, das ihm in den Augen der Lehrer, der Mitschüler, ja des ganzen Städtchens, als eine unfaßbare, jedenfalls höchst beklagenswerte Verirrung ausgelegt wurde. Ließ er dies auch wie ein selbstgewähltes Schicksal in Ergebung, ja gewissermaßen freudig über sich ergehen, so atmete er doch, wenn auch zu seiner eigenen Verwunderung, wie befreit auf, als eines Tages, kurze Zeit vor der Flucht der Schwestern aus Karolslust, auch Tobias aus der Stadt verschwunden war, um sich vorerst, wie man von seiner Mutter hören konnte, aufs Land zu Verwandten von väterlicher Seite her zu begeben, die sich angeblich aus Gutmütigkeit des ungeratenen Jungen annehmen wollten.

Während nun von seinem weiteren Lebenslauf nur das Wenige und Unzuverlässige in Karolsmarkt bekannt wurde, was die Gerüchte herbeitrugen und was er selbst bei Gelegenheit seiner flüchtigen Besuche in der Heimat zu erzählen für gut fand, lag des Adalbert Wogelein Werdegang und Wirken klar für jedermann zutage. Nachdem er in Göttingen Jura studiert, innerhalb welcher Epoche seine Eltern kurz hintereinander verstorben waren, und er sich in der Residenzstadt als Gerichtsadjunkt betätigt hatte, trat er im Alter von siebenundzwanzig Jahren in seinem Geburtsort das Richteramt an, das er mit genügendem Anstand und getreu nach dem Buchstaben des Gesetzes verwaltete.

Im Alter von dreißig Jahren nahm er die Tochter des Stadtapothekers und Bürgermeisters zum Weib, ein stilles, heiteres, wohlgebildetes Geschöpf, das dem gelehrten Gatten in Treue und Achtung anhing, ihm sein von den Eltern ererbtes, am Ende des Städtchens gelegenes kleines Haus sowie die Wirtschaft in bestem Stand erhielt und unbeirrt in Herz und Sinnen dahinlebte, wie tausend andere Bürgerstöchter, die in engem Kreise ohne Ahnung einer weiteren und größeren Welt und ohne Sehnsucht nach ihr aufgewachsen sind. Noch war die Ehe mit Nachkommenschaft nicht gesegnet; außer dem Vater, etlichen Verwandten und einigen verheirateten und unverheirateten Jugendgespielinnen kam niemand ins Haus; und von den Männern, besonders den unvermählten, hielt sie sich möglichst fern, da Adalbert es nicht gerne sah, wenn irgend jemand dem zarten, hübschen Wesen, das nun einmal ihm gehörte, allzu freundliche Augen machte oder allzu angenehme Dinge sagte, wie das junge Männer, auch ohne jede unehrbare Absicht, nun einmal nicht lassen können.

Zwei- bis dreimal in der Woche begab sich der Herr Richter nach dem Abendessen in das Wirtshaus ›Zum Goldenen Ochsen‹, was ihm Agnes um so weniger verübeln konnte, als auch ihr Vater, der Bügermeister, und andere geachtete Bürger sich dort regelmäßig als Gäste einzufinden pflegten und Adalbert, der aus angeborener Sparsamkeit sich im Trinken größter Mäßigkeit befliß, niemals nach Mitternacht heimkehrte.

Hierin war nun allerdings in den letzten Tagen, seit Tobias

Klenks Wiederkunft an des Herzogs Begräbnistag, ein Wandel eingetreten, der Agnes mit einiger Besorgnis erfüllte. Nicht nur, daß kein Abend mehr verging, an dem es den Adalbert zu Hause gehalten hätte, er kehrte zu immer späterer Stunde heim, und überdies in einem seltsam erregten Gemütszustand, den Agnes anfangs nur dem reichlicher genossenen Weine zuzuschreiben geneigt war, bis sie sich erinnerte, daß auch vor zwei Jahren, als Tobias Klenk zum letzten Male hier geweilt, sich ihr Gatte, dessen Jugendfreundschaft mit Tobias wie eine halbverschollene Legende im Städtchen weiterlebte, für kurze Zeit in gleich unerfreulicher Weise verändert hatte. Damals war Agnes dem Tobias zuweilen in den Straßen des Städtchens begegnet; doch in einer ganz ehrlichen, selbst von unlauterer Neugier freien Scheu hatte sie sich kaum um ihn gekümmert, geschweige denn, daß sie zu einem Gespräch Gelegenheit gefunden oder eine solche gar gesucht hätte.

Diesmal aber hatte sie, da er sich in den Straßen kaum jemals blicken ließ, von seiner Anwesenheit überhaupt erst durch den Vater vernommen, der eines Morgens, als der Schwiegersohn bereits das Haus verlassen, es geraten fand, die Tochter von gewissen bedenklichen Äußerungen zu unterrichten, die ihr Gatte am vorhergegangenen Abend, offenbar unter dem gefährlichen Einfluß des kürzlich heimgekehrten Freundes, und diesen noch überbietend, im Wirtshaus getan, und die, aus dem Munde eines richterlichen Beamten, geradezu unbegreiflich geklungen hätten, und allerlei Unannehmlichkeiten, wenn nicht schlimmere Folgen, nach sich ziehen könnten. Hatte der Herzog selbst auch das Zeitliche gesegnet, – der herzogliche Konseil stand weiter in Amt und Würden, hielt nach wie vor seine Sitzungen, erließ Verordnungen, verhängte Strafen; der Oberjägermeister von Karolslust führte ein wohlbekanntes, strenges Regiment, das insbesondere die Wilderer und Holzklauber oft genug zu fühlen bekamen; und überdies wurde die Ankunft des jungen Herzogs mit jedem Tag erwartet. Und hatte man bisher auch nichts Nachteiliges von ihm vernommen, so konnte doch niemand vorhersagen, wie er sich als Regent betragen würde.

– 83 –

Und als Adalbert am Abend dieses Tages heimkehrte und, wie es in der letzten Zeit seine Art war, sich schon während des Auskleidens über das Unrecht zu ereifern anfing, das rings in deutschen Landen Bürger und Bauer zu erleiden hätten, über die Zehnten und Steuern loszog, die die Fürsten aus der Arbeit und dem Schweiß ihrer Untertanen zur Befriedigung eigener Gelüste preßten, von ihren Jagden sprach, die Acker und Feld zerstampften, von dem Schacher, den sie mit ihren eigenen Landeskindern trieben, indem sie sie als Soldaten nach Amerika verkauften, von der schändlichen Mätressenwirtschaft, deren Duldung für die Frauen und Jungfrauen des Landes eine stete Gefahr und Schande bedeutete, – da nickte Agnes zwar zustimmend, wie sie es gewohnt war, schüttelte auch wie bedauernd ihr blondes Haupt; aber gerade als Adalbert, auf dem Bettrand sitzend, die Stiefel auszog und einen Augenblick im Reden innehielt, wagte sie einen ersten leisen Einwand.

Sie selbst, so bemerkte sie schüchtern, das Ehepaar Wogelein nämlich, auch ihre näheren und entfernteren Verwandten und das ganze Städtchen Karolsmarkt, ja, wenn man es recht bedenke, das gesamte Herzogtum – soweit sie sich zurückerinnern könne –, hätten von all den Übeln, deren Adalbert Erwähnung getan, eigentlich niemals etwas zu spüren bekommen; und so vermöchte sie nicht recht zu verstehen, warum er sich denn mit einemmal über Dinge so sehr erbittere, die ihn im Grunde nichts angingen.

Adalbert, von ihrem ungewohnten Widerspruch überrascht, entgegnete scharf, daß er, wie ihr wohl bekannt sein sollte, mit der Fähigkeit begabt sei, über das eigene Schicksal und das von Verwandten, Freunden und Landsleuten weit hinauszuschauen; daß es aber, wenn man schon davon reden wolle, auch in ihrer nächsten Umgebung keineswegs so vortrefflich bestellt sei, wie Agnes sich einzubilden vorgebe. Und er finde es wahrlich sonderbar, daß Agnes sich anstelle, als wisse sie nicht einmal etwas von der Schmach, die sich in ihrer nächsten Nachbarschaft seit Jahren und Jahrzehnten in frecher und höhnischer Weise breitgemacht habe –, und unvermittelt erkärte er den Tag als nicht mehr fern, an dem das Schloß Karolslust, das so viele Jungfrauen und ehrbare Frauen wie in einem Höllenrachen verschlungen habe, so zum Exempel die Schwestern seines alten Freundes Tobias Klenk, – daß Karolslust und manches andere Schloß von ähnlicher Bestimmung spurlos vom Erdboden verschwunden sein werde – und nicht diese Schlösser allein.

Erschrocken setzte sich Agnes im Bette auf, die reichen blonden Haare fielen ihr gelöst über die Schultern, und in wachsender Bangnis lauschte sie den Worten ihres Gatten, der in losem Schlafrock, mit schiefer Perücke, die Stiefel in der Hand schwingend seiner ersten Prophezeiung noch andere und wildere folgen ließ, so daß das friedliche Schlafgemach sich gleichsam mit einem Geruch von Blut und Brand zu füllen schien. Endlich warf er die Stiefel hin, entledigte sich des Schlafrocks und der Perücke, und während er über seine dunkelrote Stirn und die kurzen, gesträubten Haare eine weiße Nachtmütze stülpte, nahm Agnes die Gelegenheit zu der ängstlichen Frage wahr, ob er so furchtbare Voraussagungen, verführt von seinem Mitgefühl mit der gequälten Menschheit, am Ende auch vor Leuten vernehmen ließe, die vielleicht nicht klug genug seien, ihn recht zu vestehen oder sie ihm übel auslegen und bei irgendeiner Gelegenheit aus Bosheit und Neid gegen ihn ausnützen könnten.

Adalbert rollte die Augen, drehte das Polster ohne jede Ursache zweimal in der Luft umher, ehe er sein Haupt darauf bettete, und wandte sich an Agnes mit der höhnischen Gegenfrage, ob sie ihn für einen Mann oder eine Memme halte, worauf er, den einen Arm wie zur Abwehr jeder Erwiderung vor sich hinstreckend – ohne Agnes eines weiteren Blickes zu würdigen, die Decke über sein Kinn zog und abgewandten Angesichts rascher einschlief, als Agnes nach einem so gewaltigen Leidenschaftsausbruch erwartet oder nur für möglich gehalten hätte.

Am nächsten Morgen war ihm von der gestrigen Erregung nicht das geringste mehr anzumerken; und als er sich nach eilig genossenem Frühstück von seiner noch im Bette ruhenden Gattin mit einem flüchtigen Kuß auf die Stirn verabschiedete und in würdiger Amtstracht, erhobenen Hauptes, Hut und Stock in der Hand, das Haus verließ, schien er ein ganz anderer zu sein als der grimmige Empörer, dessen Rede und Gehaben sie in der verflossenen Nacht in Erregung und Schrecken versetzt hatte.

Im Laufe des Tages beruhigte sie sich weiter – und als Adalbert auch nach der Rückkehr vom Amt, ganz nach seiner früheren Art, mit der ihm eigenen Wichtigkeit von allerlei gleichgültigen Vorkommnissen in Markt und Land sowie von seinen im Lauf des Tages gefällten, durchaus scharfsichtigen richterlichen Entscheidungen erzählte; – und sich nach beendeter Mahlzeit, behaglich die Hände über dem Magen gekreuzt, in den Sessel zurücklehnte, Agnes an sich heranzog und ehelichen Zärtlichkeiten nicht abgeneigt schien, gab sie sich schon der Hoffnung hin, den Gatten ohne besondere Schwierigkeit heute gänzlich zu Hause halten zu können.

Doch plötzlich, in einem Augenblick, da sie es am wenigsten erwartete, erhob er sich mit einem verschlagenen Lächeln, als habe er die arglose Gattin absichtlich in Sicherheit gewiegt; ohne weitere Erklärung, sich an ihrer Enttäuschung weidend, fast ohne Gruß ergriff er Hut und Stock und war mit einem Male aus der Tür.

Agnes aber vermochte keine Ruhe zu finden, bis Adalbert, wieder lange nach Mitternacht, zurückkehrte und, wie leicht zu merken war, in der gleichen oder einer noch schlimmeren Verfassung als an den vorhergegangenen Tagen. Hatte gestern seine Rede bei aller inneren Verwegenheit immer noch eine gewisse Wohlgesetztheit zu bewahren gewußt, so brachte er heute nur abgerissene, wirre Sätze hervor, aus denen zeitweise allzu verständlich ein unheilvolles Wort in die Stube gellte; und als er plötzlich einen fast gotteslästerlichen Fluch ausstieß, wie Agnes ihn noch niemals von ihm gehört, richtete sie sich jählings aus ihren Polstern auf und rief wie erleuchtet: »Nun ist mir alles klar, Adalbert, sie wollen dich verderben!«

Er stand mit offenem Munde da und lallte etwas; sie, seine Betroffenheit nützend, hastig und flehend, als hätte alles, was ihr nun zu eigener Überraschung mühelos von den Lippen floß, ihr

– 86 –

seit langem auf dem Herzen gelastet, sagte ihm auf den Kopf zu, daß er offenbar in eine geheime Konspiration verwickelt sei; und daß die Verschwörer, als deren Abgesandter der entsetzliche Tobias Klenk wieder im Lande erschienen sei, gewiß nichts anderes im Sinne hätten, als sich zur Erreichung ihrer dunklen Ziele seines Muts, seiner Schlauheit und insbesondere seiner amtlichen Stellung zu bedienen. Aber sie bringe es nicht länger über sich, diesem Treiben ruhig zuzusehen, denn nicht er, ein richterlicher Beamter, ein Ehemann und vielleicht später einmal Familienvater, sei eingesetzt, um die Übel auszurotten, an denen Deutschland kranken möge, von denen aber gerade in ihrem Herzogtum weniger zu verspüren sei als anderwärts; – dazu seien Junggesellen oder Landstreicher da, überhaupt Leute, die nichts zu verlieren hätten und nicht für das Schicksal von Frauen und Kindern mitverantwortlich seien.

»Hast du den Verstand verloren?« schrie Adalbert.

»Ich wollte«, erwiderte sie, »ich hätte so wenig Anlaß, an deinem Verstand zu zweifeln, wie du an dem meinen. Weiß ich doch wahrhaftig nicht, was für ein böser Geist in den letzten Tagen in dich gefahren ist. Solange der Herzog lebte, dem man freilich allerlei Übles nachsagen konnte, auch wenn wir für unseren Teil nie was Schlimmes zu erleiden hatten, ist es dir nie eingefallen, so schauerliche Reden zu führen, daß einem das Blut erstarren konnte. Und nun, da wohl eine bessere Zeit anbrechen mag und wir einen jungen Fürsten über uns haben, von dem man niemals was Böses gehört hat, und der vielleicht unser Land zum glücklichsten im Reiche machen wird, predigst du Empörung, Brand und Mord.«

Adalbert stand vor ihr mit immer weiter aufgerissenen Augen, erstaunter noch über den ungehemmten Fluß als über die Verwegenheit ihrer Rede. »Woher weißt du, daß der Fürst schon im Lande ist?« fragte er drohend.

Ihre Blicke leuchteten hell auf. »Er ist da?« rief sie aus.

»Was schert es dich?« schrie er, »ob er da ist oder nicht.«

»Er ist da!« wiederholte sie, und es klang nicht wie eine Frage, eher wie ein Freudenruf.

– 87 –

»Wer hat dir verraten, daß er im Lande ist?«

Sie lachte. »Niemand als du selbst. Sollte es denn ein Geheimnis sein – oder gerade nur eines für mich?«

»Mittags erst fuhr er in die Residenz ein«, schrie Adalbert, »eben erst brachte man uns die Kunde ins Wirtshaus – und du weißt es schon?« Er hatte sich zu ihr aufs Bett gesetzt, faßte ihre beiden Hände und sah ihr fürchterlich ins Auge.

»Warum bist du so zornig, Adalbert?« fragte sie und wunderte sich, daß sie immer weniger Angst vor ihm verspürte. »Soll ich mich nicht freuen? Sollen wir uns nicht alle freuen, daß unser junger Landesherr endlich da ist?«

»Was geht's dich an, ob er jung ist oder alt«, fauchte er ihr ins Antlitz.

»Sechsundzwanzig«, sagte sie unbefangen. »Als er sich das letztemal im Lande aufhielt, war er einundzwanzig, und das sind eben fünf Jahre her.«

Er starrte sie an. »Du kennst ihn, Agnes?«

Sie lachte lustig auf. »Geradeso gut wie du, wie wir alle. Sollt' ich den Erbprinzen nicht kennen?«

»Du hast ihn gesehen?«

»Was ist dir denn, Adalbert? Sollt' ich mir die Augen verbinden, wenn er durch unser Städtchen zur Jagd fuhr? Ach, es geschah selten genug. Wie edel war seine Haltung, wie milde sein Blick, wie strahlend seine Stirn. Von einem, der so aussieht, Adalbert, kann uns nichts Böses kommen.«

Und wieder schrie er sie an, ob sie denn völlig toll geworden sei; warum sie sich einbilde, daß der junge Fürst aus anderem Holz geschnitzt sei als die anderen hohen Herren. Wenn sich auch mancher in jungen Tagen besser anzulassen scheine, – käme er erst zur Macht – hundertmal hätte man's erfahren, – so treibe er's genau so, wie seine Väter und Großväter es getan. Und was den neuen Herzog betreffe, so sei er zwar in Paris der Freund von Gelehrten und Schriftstellern gewesen, zugleich aber habe er sich mit Frauenzimmern der übelsten Art herumgetrieben, und daß er bei diesem Lebenswandel von der abscheulichen Krankheit verschont geblieben, die man mit gutem Grund die »Fran-

– 88 –

zosen« nenne, sei wohl nicht anzunehmen. Und sein erstes hier im Lande werde jedenfalls sein, das Haus der Gartenmägdlein wieder in Betrieb zu setzen, das ja schon, wie man höre, zum Empfang des neuen Herrn sich rüste, woraus man wieder schließen könne, daß der ganze Hof, vom Minister bis zum Leibjäger, wohl wüßte, was er von dem jungen Fürsten zu gewärtigen habe.

»Und hast du nicht gehört, daß es wieder streng verboten ist, sich auf hundert Schritt Entfernung dem Schlößchen zu nähern, und daß keiner im Umkreis des Jagdgebietes sich mit einer Waffe zeigen darf? Man treibt wohl auch schon das Wild zusammen für ihn und seine saubere Gesellschaft, – und unsern armen Bauersleuten gnade Gott für die Dauer der Jagdzeit.«

Agnes lag da mit kindlichen, offenen Augen und hörte ruhig zu, fast wie eine wißbegierige Schülerin dem Lehrer, ohne einen Zweifel zu verraten oder gar einen Widerspruch zu wagen. Und so mochte Adalbert allmählich glauben, daß es ihm gelungen sei, sie von der Wahrheit der Tatsachen, die er berichtete, wie auch von der Unfehlbarkeit seiner Ansichten zu überzeugen. An diesem Glauben beruhigte er sich selbst; der Druck seiner Hände wurde merklich milder, und was ihn durchglühte, war nicht mehr Zorn, sondern ein sanfteres Feuer, das an dem Blick ihrer Augen, die er niemals so hell hatte leuchten gesehen, sich immer heftiger entzündete.

Doch als er sich endlich an ihrer Seite hinstreckte, schien Agnes zu seiner Enttäuschung schon in tiefen Schlaf versunken; und als er sie durch einen sanften Kuß auf die Stirn zu wecken suchte, fuhr sie mit der Hand über ihre Stirn und rollte sich unter der Decke zusammen wie ein kleines Kind, das von einer Fliege im Schlummer gestört worden ist. Und so schlief sie noch weiter, als am nächsten Morgen Adalbert erwachte, sich erhob, vernehmlich räusperte, hin und wider wandelte, frühstückte, sich in seine Amtstracht warf; – und schlief immer noch, als er endlich das Haus verließ und die Türe nicht ohne Geräusch hinter ihm zufiel.

Bald nach seinem Weggehen verließ auch Agnes das Haus und

– 89 –

begab sich in den Markt. Die Gassen lagen still wie sonst; die Unterhaltungen der jungen Frau mit Bekannten, denen sie zufällig begegnete, und mit Kaufleuten, bei denen sie Einkäufe zu besorgen hatte, waren gleichgültig wie je, und wenn auch immer wieder auf die Rückkehr des jungen Fürsten die Rede kam, niemand schien sonderlich erregt über ein Ereignis, das ja im Lauf der Dinge ganz natürlich hatte eintreten müssen.

Auch in der Apotheke des Vaters hielt sich Agnes eine kurze Weile auf und teilte ihm mit, daß sie ihrem Gatten das Wort abgenommen, sich von nun an im Wirtshaus gefährlicher Reden zu enthalten, worauf sie zu ihrer Verwunderung vernahm, daß er schon am gestrigen Abend zwar nicht wenig getrunken, doch in des Tobias Klenk Geschwätz, das man nun als ganz widersinnig zu verlachen beginne, nicht wie sonst eingestimmt habe.

Auch zu einer ihrer Freundinnen trat Agnes ins Haus, die vor etlichen Jahren als ganz junges Mädchen ihr anvertraut, daß sie sich kein schöneres Los denken könne als das eines Gartenmägdleins, sich bald darauf, etwa zur selben Zeit wie Agnes, vermählt, seither zwei Kinder geboren hatte und nun ihren Frauen- und Mutterpflichten völlig hingegeben war. Agnes fühlte sich heute versucht, ohne recht zu wissen warum, der Freundin jene harmlos lüsternen Mädchenträume ins Gedächtnis zurückzurufen, indem sie Adalberts Vermutung von gestern abend, daß der junge Fürst das Schloß Karolslust unverzüglich seinen früheren Zwecken wieder zurückgeben werde, als eine ganz bestimmte Tatsache mitteilte. Die Freundin aber schien kaum zu begreifen, was Agnes eigentlich meinte, diese wurde verlegen, fühlte sich auf Wangen, Hals und Nacken blutrot werden und begann jetzt erst selbst zu verstehen, was sie und warum sie es ausgesprochen hatte. »Gartenmägdlein«, das war plötzlich nicht mehr ein Wort, wie es bisher eines gewesen. Es war ein Bild, das vor ihr emportauchte und dessen Anblick sie süß erschauern machte. Bis zu dieser Stunde hatte sie es noch nicht beklagt, daß ihr kein Kind geschenkt war. Plötzlich empfand sie es wie einen Schmerz, und im nächsten Augenblick wurde ein Vorwurf gegen Adalbert daraus. Als sie nach kurzem Abschied von der

Freundin wieder auf der Straße stand, bebte die Luft in erwartungsvoller Unruhe, – und es war doch nur ein Frühsommertag, wie sie schon viele ohne sonderliche Erregung erlebt hatte. Was kümmert's mich denn, fragte sie sich, daß der junge Fürst wieder im Lande ist! Hätte Adalbert nicht so törichtes Zeug über ihn geschwätzt, ich dächte gar nicht an ihn. Und auch daraus wurde ein Vorwurf gegen Adalbert.

Der aber schien sich wohl bewußt zu sein, welch eine Trübung im Verlauf der letzten Tage sein Bild in der Seele der Gattin erfahren hatte. Während des Mittagessens trug er heute ein minder lautes, ja befangenes Wesen zur Schau, als wollte er den Eindruck seines Gebarens von gestern und vorgestern in Vergessenheit bringen; und als er recht unvermittelt zwischen Suppe und Fleisch eines Gerüchtes Erwähnung tat, daß der junge Herzog sich demnächst mit einer Prinzessin von Württemberg verloben würde, verriet der Ton seiner Stimme nichts davon, daß er von dem gleichen Manne sprach, von dem gestern erst in einer ganz anderen Weise zwischen ihm und Agnes die Rede gewesen war. Und Agnes ließ darauf nur ein gleichgültiges »Ach, wirklich!« vernehmen, ohne die Miene zu verziehen.

Nach dem Essen machte er sich mit Akten zu tun, die er aus dem Amt nach Hause genommen, und Agnes merkte, daß der Gedanke, Adalbert könne heute vielleicht auf den gewohnten Wirtshausbesuch Verzicht leisten, nichts Erfreuliches für sie barg. Ja, sie atmete beinahe auf, als Adalbert bei Eintritt der Dämmerung doch das Haus verließ, und sie war entschlossen, wann immer und wie lärmend er auch nach Hause zurückkehren sollte, sich fest schlafend zu stellen.

Doch sie hatte wirklich geschlafen, und so wachte sie auch wirklich auf, als Adalbert um Mitternacht an ihrem Bette stand, und es konnte ihm nicht entgehen, daß sie die Lider öffnete und blinzelte. Er schien diesen Augenblick nur erwartet zu haben; und sofort, in gelassenem, aber wichtigem Ton, berichtete er von dem Begebnis, das heute an der Tafelrunde im ›Goldenen Ochsen‹ das einzige Tischgespräch gewesen war.

Tobias Klenk war im Walde nächst Schloß Karolslust mit

– 91 –

einer Flinte betroffen und auf Anordnung des Oberjägermeisters wegen Verdachts der Wilddieberei und tätlicher Widersetzlichkeit gegen die Jagdgehilfen festgenommen und gefesselt in das Gefängnis von Karolsmarkt geschafft worden, wo er morgen dem Richter, also ihm, Adalbert Wogelein, vorgeführt werden sollte.

»Und was wirst du tun?« fragte Agnes ängstlich.

»Dies kann ich nicht sagen, ehe ich den Angeklagten vernommen habe.«

»Du erzähltest doch eben selbst, Adalbert, daß Tobias Klenk Wilddieberei getrieben und sich gewalttätig betragen habe. Sonst hätte man ihn wohl nicht in Ketten ins Gefängnis gebracht. So wirst du ihn in jedem Fall zu einer strengen Strafe verurteilen müssen.«

»Die Wilddieberei ist nicht erwiesen«, erwiderte Adalbert stirnrunzelnd. »Und was es mit dem gewalttätigen Betragen gegenüber einer dreifachen Übermacht auf sich hatte, ob es sich nicht vielmehr um N o t w e h r gehandelt, auch das wird sich erst erweisen müssen. Ich werde meinen Spruch keinesfalls dem Oberjägermeister oder dem Fürsten zu Gefallen, auch nicht nach dem Buchstaben eines hinfälligen Gesetzes, sondern nach dem wahren Rechte fällen. Und selbst, wenn Tobias Klenk für seine arme Mutter einen Rehbock hätte schießen wollen, ja, wenn er einen von den fürstlichen Knechten, der sich an ihm vergriffen, niedergeschlagen hätte, – ich werde vor allem die Frage untersuchen, ob nicht auch diejenigen Personen zur Verantwortung zu ziehen wären, die ihm sein Eigentum, die Flinte, konfisziert, ihn körperlich angegriffen und ihm Hand- und Fußschellen angelegt haben.«

»Adalbert«, rief sie und sah ihn mit angstvollen Augen an.

Doch glaubte er in ihren Blicken etwas wie Bewunderung zu lesen, und so fuhr er unbeirrt fort: »Ich überlege eben, ob ich dem Tobias Klenk nicht ohne weiteres die Fesseln abnehmen oder ihn gar in Freiheit setzen lassen sollte. Aber bei genauerer Erwägung erscheint es mir richtig, daß die Sache in völliger Öffentlichkeit verhandelt werde.«

»Was hast du vor, Adalbert?«

»Hast du Furcht, Agnes, so steht es dir frei, dich heute noch in das Haus deines Vaters, des Bürgermeisters, zu begeben, um die etwaigen Folgen meines Tuns nicht mit mir tragen zu müssen.« Und er fühlte sich immer höher wachsen.

»Nie und nimmer würde ich dich verlassen, Adalbert, aber«, sie hob beschwörend die Hände, »noch einmal bitte ich dich, zu bedenken –«

»Es ist alles bedacht, Agnes. Und wenn ich eines bedaure, so ist es, daß der Prozeß in unserem kleinen Städtchen und nicht in der Residenz oder besser noch vor dem Reichsgericht in Wetzlar verhandelt wird. Aber es könnte wohl sein, daß mein Wort auch von hier aus ins Weite dränge und sich an meinem Spruch eine Fackel entzündete, die über ganz Deutschland leuchtete.«

»Adalbert«, rief Agnes, »du opferst dich deiner Freundchaft für Tobias Klenk auf.«

Adalbert reckte sich. »Ob Tobias oder ein anderer, ob Freund oder Feind, das kümmert mich nicht.«

»Du stürzest dich ins Verderben, Adalbert, und – mich dazu.« Doch während sie so sprach, war es ihm wieder, als sähe er in der Tiefe ihres Blickes einen Strahl scheuer Bewunderung erglänzen, und es fuhr ihm durch den Sinn, daß er sich nun den Lohn für seine Kühnheit von ihren Lippen holen wollte. Er neigte sich zu ihr; ihr aber wehte Weindunst entgegen, sie zuckte zusammen; – und als er ihr näherrückte, brach sie plötzlich in Tränen aus. Adalbert war außerstande, sie zu beschwichtigen, – und so bitter es ihm ums Herz war, er mußte endlich von ihr lassen.

Als Adalbert Wogelein am nächsten Morgen die Gerichtsstube betrat, die zu ebener Erde in einem geräumigen, alten Gebäude auf dem Marktplatz untergebracht war, legte ihm der Schreiber, wie es Brauch war, eine Liste der zur Verhandlung bestimmten Fälle vor. Zuerst wurden zwei Bürger vorgerufen, zwischen denen eine Schuldforderung schwebte, die Adalbert nach Anhörung der Parteien und dreier Zeugen nach bestem Wissen und

Gewissen zuungunsten des Klägers entschied, dessen Forderung als verjährt abgewiesen wurde. Dann wurden zwei Burschen vorgeführt, die einander bei einem Raufhandel erheblich verletzt, sich im Arrest unterdessen versöhnt hatten und nun nicht begreifen wollten, warum sie trotzdem jeder nach dem Spruch des Richters ein paar Wochen bei Wasser und Brot brummen sollten.

Während sie abgeführt wurden, drang in die Gerichtsstube die Kunde, daß soeben der junge Herzog in Karolsmarkt ohne jede Begleitung eingetroffen und vor dem Schulhause abgestiegen sei, wo er nun einer Unterrichtsstunde beiwohne. Der Schreiber, ein Mann in mittleren Jahren, nicht eben gelehrt, aber pfiffig genug, mit dem sich Adalbert Wogelein in eigener Person über verzwickte Rechtsfälle öfters in Diskurse einzulassen liebte, ließ nun den Richter wissen, daß der Herzog schon gestern, also kurz nach seiner Ankunft, in der Residenzstadt gewisse staatliche Ämter und öffentliche Anstalten überraschend visitiert hätte, was einigen Räten und Angestellten nicht sehr wohl bekommen sei.

Dem Adalbert Wogelein rieselte es leicht über den Rücken; aber ohne sich zu der Mitteilung des Schreibers irgendwie zu äußern, trat er in die Verhandlung des nächsten Falles ein. Ein Landstreicher stand vor Gericht, ein jämmerlich aussehender, magerer, ältlicher Mensch, der verdächtig war, aus dem Hause einer Witwe, wo er genächtigt, allerlei von ihrem verstorbenen Gatten hinterlassenes Handwerkzeug und auch Lebensmittel entwendet zu haben. Während er sich elend und weinerlich verschwor, daß er in seinem ganzen Leben nicht so viel gestohlen, als unter den Nägeln eines Fingers Platz habe, flog die Türe auf, ein junger Bursche stand da und rief atemlos: »Seine Gnaden, der Herzog!«

Adalbert wußte seine Ruhe völlig zu bewahren, verwies den Schreiber, der aufgesprungen war, auf seinen Platz und schickte sich eben an, dem Landstreicher eine neue Frage vorzulegen, als der Herzog eintrat, vornehm, aber ohne jede Prachtentfaltung in Schwarz gekleidet, schlank und stattlich, zwar jung, aber doch älter aussehend, als seinen Jahren gemäß war.

Adalbert Wogelein erhob sich und wollte dem Herzog ein paar

– 94 –

Schritte entgegentun, um ihn mit schuldiger Ehrfurcht zu begrüßen; dieser aber, mit ziemlich leiser, aber wohlklingender Stimme sagte: »Ich trag' Euch auf, Herr Richter, Eures Amtes weiter zu walten und die Verhandlung weiterzuführen, geradeso, als wenn ich nicht anwesend wäre.« Ebenso bedeutete er dem Gerichtsdiener, der das nachdrängende Volk zurückhalten wollte, er möge so viele hereinlassen, als immer nur Platz finden könnten, ließ es sich gerade noch gefallen, daß der Schreiber ihm einen Stuhl hinschob, und rückte ihn selber so, daß er seitlich neben dem Richter, doch ein wenig hinter ihm zu sitzen kam.

Ohne mit der Stimme zu beben, fuhr Adalbert Wogelein in seinen Fragen fort, und als der Landstreicher noch weiterhin leugnete, während die Witwe schwor, es könne kein anderer als er der Übeltäter gewesen sein, tat Adalbert den Spruch, daß der Angeklagte, bei dem sich nichts von den gestohlenen Sachen vorgefunden, aus der Haft entlassen, daß er aber unverzüglich den Ort und innerhalb vierundzwanzig Stunden das Land zu verlassen habe. Dann sagte er einfach: »Weiter«, wie das eben seine Art war, wenn ein neuer Fall zur Verhandlung kommen sollte; und er bewies so seine Unbekümmertheit um die Anwesenheit des Herzogs, empfand es aber zugleich mit Genugtuung, daß er damit nach des Herzogs ausdrücklich kundgetanem Willen vorgegangen war.

Ohne den Aufruf des Gerichtsdieners abzuwarten, der sich noch mit dem Landstreicher zu befassen hatte, trat Tobias Klenk ein, in einem kavaliersmäßig zugeschnittenen, doch abgetragenen Gewand, zu dem die hohen, gelben Stiefel nicht recht passen wollten. Das dunkle Haar hing ihm wirr in die blasse, gerunzelte Stirn, sein Blick war hochmütig und nicht ohne Tücke, und er sah abenteuerlich und beinahe bedrohlich aus. Er trat, als sei ihm von der Anwesenheit des Herzogs nichts bekannt, gerade vor den Richter hin und sagte in scharfem, aber nicht gerade grobem Ton: »Vor allem, Freund Adalbert, wünsche ich der Handschellen entledigt zu werden.«

Ein Raunen und Murmeln ging durch die enge, menschen-

– 95 –

erfüllte Stube, die Leute sahen zum Herzog hin, der unbeweglich mit gekreuzten Armen dasaß; – und dann erst zum Richter.

Dieser aber sprach: »Die Handschellen wären Euch schon vor Eurem Eintritt abgenommen worden, wenn Ihr so lange Geduld gehabt hättet, bis man Euch vorrief. Euer Freund aber, Tobias Klenk, wo immer ich es sein mag, hier in der Amtsstube bin ich es nicht.«

Auf seinen Wink wurden dem Tobias die Fesseln abgenommen und zugleich wies der Richter den Schreiber an, die Anklage gegen Tobias Klenk zur Verlesung zu bringen. Doch kaum hatte sich der Schreiber erhoben, als Tobias nach dem Papier griff, das jener in den Händen hielt, es zusammenknitterte und auf den Tisch warf. Er soll es mir nur nicht zu schwer machen, dachte Adalbert.

»Was kümmert mich das Papier!« rief Tobias. »Wo sind die Kerle, die mir meine Flinte weggenommen, mich geprügelt und mir Hand- und Fußschellen angelegt haben? Wo sind die Jagdgehilfen? Wo der Herr Oberjägermeister? Mit ihnen habe ich zu schaffen, nichts mit dem Papier.«

»Tobias Klenk«, sagte Adalbert Wogelein, und er hoffte, daß niemand das leise Zittern in seiner Stimme merken würde, »ich ermahne Euch, der Würde dieses Ortes eingedenk zu sein, der heute überdies durch die Anwesenheit Seiner Gnaden, unseres durchlauchtigsten Herzogs ausgezeichnet ist.«

Das hätte ich nicht sagen sollen, dachte er gleich und vernahm auch schon die milde, aber feste Stimme des Herzogs: »Meine Anwesenheit tut nichts zur Sache, Herr Richter.« Und mit einer leichten Handbewegung wehrte er zugleich die allzu tiefe, geradezu höhnische Verbeugung ab, zu der sich Tobias Klenk nun bequemte, als wäre er des Herzogs eben erst gewahr worden.

Adalbert Wogelein aber wies den Schreiber durch einen Blick an, zu lesen, worauf dieser das zerknitterte Papier, das er schon vorher an sich genommen, völlig entfaltete und begann:

»Am heutigen Nachmittag, bei einem Rundgange durch das herzogliche Revier, kaum hundert Schritte weit vom eingefriedeten Park, betraf ich, der unterzeichnete herzogliche Oberjä-

– 96 –

germeister Franz Sever von Wolfenstein, den hier gebürtigen, aber meist von hier abwesenden, übel beleumundeten Einwohner von Karolsmarkt Tobias Klenk« (hier lachte Tobias auf, und Adalbert schüttelte mißfällig den Kopf, man wußte nicht ob über des Tobias Lachen oder über die Bemerkung des Oberjägermeisters zu des Tobias Leumund) – »mit einer Jagdflinte im Arm. Obzwar ich nach bestehendem Gesetz berechtigt, ja vielleicht sogar verpflichtet gewesen wäre, bemeldetem Tobias Klenk die Waffe ohne weiteres abzunehmen und ihn in Arrest führen zu lassen, verwarnte ich ihn vorerst und forderte ihn auf, sich unverzüglich aus dem Revier zu entfernen, das er offenbar nur zum Zwecke der Wilddieberei betreten hatte. Erst als er meine Aufforderung mit unverschämten, ja drohenden Worten erwiderte, pfiff ich um Sukkurs, worauf die in der Nähe befindlichen Jäger Kuno Waldhaber und Franz Rebler herbeieilten, bemeldetem Tobias Klenk die Flinte wegnahmen und, da er mit Händen und Füßen um sich schlug, sich überhaupt gebärdete wie ein Wütender, ihm Fesseln anlegten, worauf ich ihn in den Arrest nach Karolsmarkt abführen ließ, damit er vor dem ordentlichen Gericht in aller Form Rechtens verhört und abgeurteilt würde, wegen folgender drei Vergehen, als da sind: Erstens: unbefugtes Tragen einer Waffe im herzoglichen Revier, zweitens: geplante Wilddieberei und drittens: gewalttätiges Vorgehen gegenüber herzoglichen Angestellten im Dienst.«

Sofort, nachdem der Schreiber geendet, richtete Adalbert Wogelein das Wort an den Angeklagten. »Euer Name ist Tobias Klenk?«

»So wahr der deine Adalbert Wogelein ist.«

»Alter – dreiunddreißig Jahre, unvermählt –«

»Und hoffe es zu bleiben.«

»Euer Beruf?«

»Bist du der überflüssigen Fragen nicht endlich müde, Adalbert?«

»Meine Pflicht ist zu fragen, wie die Eure zu antworten.«

»So setze in die Rubrik: was er war, kümmert keinen; was er einmal sein wird, vermag er selbst heute noch nicht vorherzusagen; was er ist, sieht jeder auf den ersten Blick – und wer es nicht sieht, dem ist durch Worte nicht zu helfen.«

»Euer Witz ist etwas zeitraubend«, bemerkte Adalbert Wogelein. Und da er, zum Herzog schielend, zu bemerken glaubte, daß dieser lächelte, fügte er leichten Tones hinzu: »Somit werde ich auf eigene Verantwortung einschreiben: Dermalen beschäftigungslos.«

»Wieso, Freund Wogelein? Deine Beschäftigung ist zu fragen, meine zu antworten. Ich kann mir sowenig helfen als du; wir stehen beide unter demselben Gesetz, doch glaube ich fast, daß mir wohler zumute ist als dir.«

Ein leises Murmeln ging durch den Raum. Adalbert Wogelein saß unbeweglich. Und trotzdem werde ich ihn freisprechen, dachte er, mag daraus werden, was will. »Bekennt Ihr Euch schuldig, Tobias Klenk?« fragte er.

»Nein«, erwiderte Tobias Klenk.

»So leugnet Ihr die Richtigkeit des Protokolls von des Herrn Oberjägermeisters Hand, das Euch eben vorgelesen wurde?«

»In den Tatsachen keineswegs, doch stelle ich in Abrede, daß diese Tatsachen eine Schuld zu bedeuten haben.«

»Ihr seid erstlich angeklagt, im herzoglichen Jagdrevier eine Waffe, und zwar eine Jagdflinte getragen zu haben, womit Ihr wissentlich ein strenges Gebot überschritten habt.«

»Ich weiß, daß dies ein Verbot ist, doch bestreite ich, daß man sich jedem, auch einem unsinnigen Verbot bedingungslos unterwerfen muß. So könnte es irgendeinem Fürsten einmal einfallen, ein Gebot zu erlassen, daß niemand mit gelben Stiefeln sein Revier betrete, – oder daß kein Untertan mehr als drei Knöpfe an der Weste tragen dürfe. Wie denkst du, Adalbert Wogelein, wäre ich – oder wärst du gehalten, auch ein solches Gebot zu erfüllen, weil ein Fürst oder ein Oberjägermeister es erlassen?«

»Solche Verbote wären allerdings ohne Sinn«, erwiderte Adalbert, »und schon die Annahme, daß ein Fürst solche Gebote erlassen könnte, bedeutet gewissermaßen eine Beleidigung der fürstlichen Autorität... Aber es handelt sich hier um das Verbot des Waffentragens, das keineswegs unsinnig ist, sondern, wie jedermann weiß, den offenbaren Zweck hat, die Wilddieberei zu verhindern.«

»Ich erkläre jedes Verbot als unsinnig«, sagte Tobias, »durch das zugunsten eines Mächtigen die Freiheit von tausend Geknechteten willkürlich beschränkt wird. Und ich erkenne eine Welt nicht an, in der dem einen unbeschränkte Gewalt verliehen ist zu befehlen, und hunderttausend andere verdammt sind, ihm zu gehorchen; eine Welt, wo der eine, der den Rehbraten verspeist, wann es ihm beliebt und ohne dafür zu bezahlen, überdies noch den andern darf einsperren lassen, der auch nur im Verdacht steht, Lust auf den Rehbraten verspürt zu haben.«

Das Raunen und Murmeln ringsum wuchs an. Adalbert Wogelein fühlte es heiß in seine Stirn steigen, denn der Satz, den Tobias Klenk eben vorgebracht, sah einem zu Verwechseln ähnlich, den Adalbert selbst vor wenigen Tagen am Wirtshaustisch ›Zum Goldenen Ochsen‹ ausgesprochen hatte. Doch er behielt die Fassung und bemerkte mit überlegenem Lächeln: »Dies ist eine Philosophie, Tobias Klenk, über die Ihr Euch mit Gelehrten und Staatsmännern oder mit wem immer am Wirtshaustisch unterhalten mögt. Für uns hier bei Gericht steht nur der Kasus als solcher in Frage. Und was diesen anbelangt, kann ich Euere bisherigen Antworten nur einem Geständnis gleichsetzen, – daß Ihr deshalb mit der Flinte ins herzogliche Revier gekommen seid, um Euch... auf wohlfeile Weise einen Rehbraten zu verschaffen.«

»Leg' mir nichts in den Mund, was ich nicht gesagt habe, Adalbert. Man trägt Waffen zu mancherlei Anlaß, manchmal sogar zum eigenen Schutz. Daß ich die Waffe zum Zwecke der sogenannten Wilddieberei getragen, ist nicht bewiesen.«

»Hierüber wird das Gericht entscheiden«, bemerkte Adalbert rasch. Und fügte hinzu: »Wir kommen nun zu dem dritten Punkt der Anklage: daß Ihr Euch der Entwaffnung widersetzt und gegen die herzoglichen Jäger tätlich vergangen habt.«

»Auch dies gestehe ich zu, – doch keineswegs als Schuld. Die Flinte ist mein Eigentum und gewiß so redlich von mir erworben, wie manches Jagdrevier und weiteres Gebiet von manchem

– 99 –

deutschen Fürsten erworben ward. Kein Mensch hatte das Recht, mir mein Eigentum abzuverlangen oder gar zu entreißen. Ich aber war wohl berechtigt, mich meiner Haut zu wehren, als zwei bewaffnete Kerle über mich herfielen, die keinerlei Strafe zu erwarten gehabt hätten, auch wenn ich bei dieser Gelegenheit umgebracht worden wäre.«

»Es ist mit Gewißheit anzunehmen«, sagte Adalbert mild, »daß Euch nichts zuleide geschehen wäre, wenn Ihr Euch gutwillig gefügt hättet, Tobias Klenk.«

»Ich bin der Mann nicht, mich zu fügen, auch wo mein Recht nicht über allem Zweifel steht. Und ich sollte es tun, wo mir Unrecht und Gewalt angetan wird?«

»Somit gesteht Ihr also zu«, sagte Adalbert Wogelein, und es ward ihm schwül zumut, denn er fühlte, daß die Verhandlung ihrem Ende nahte und die Entscheidung, nicht über des Tobias Klenk Schicksal allein, in seine Hand gelegt war – »somit gesteht Ihr auch zu, daß Ihr Euch der Verhaftung tätlich widersetzt habt. Habt Ihr in diesem Punkte etwas zu Eurer Rechtfertigung vorzubringen?«

»Ich habe mich nicht zu rechtfertigen, da ich mir keiner Schuld bewußt bin, sondern i c h erhebe Anklage, und zwar vorerst –«

Eilends unterbrach ihn Adalbert. »Habt Ihr eine Anklage vorzubringen, so mögt Ihr es zu gelegener Zeit und in ordnungsgemäßer Weise tun. Noch vier Fälle harren heute meines Spruchs. Wir müssen zu Ende kommen.«

»Ich klage an«, begann Tobias Klenk von neuem –

»Stille«, rief Adalbert Wogelein und dachte bei sich: Es ist ihm nicht zu helfen – und mir auch nicht.

»Ich klage an«, rief Tobias Klenk, »erstens die beiden Jagdgehilfen Kuno Waldhaber und Franz Rebler, ferner den Oberjägermeister Franz Sever von Wolfenstein und drittens« –

Nur weiter, dachte Adalbert Wogelein, er gräbt sich selber sein Grab ... und das könnte mich retten ...

»Und zum dritten«, schrie Tobias, »erhebe ich die Anklage gegen den Fürsten dieses Landes, den Herzog –«

»Es ist genug«, rief Adalbert Wogelein mit erhobener Stimme, während aller Augen sich neugierig auf den Herzog richteten, dessen Miene nicht die geringste Bewegung verriet. »Die Anklage gegen den Landesherrn ist bei den Gerichten dieses Landes unzulässig. Doch steht es jedem Untertanen frei, der sich in seiner Ehre oder seinem Wohlergehen, durch wen immer es sei, auch durch den Fürsten seines Landes, gekränkt fühlt, die Klage beim Reichsgericht in Wetzlar einzubringen.« Er atmete tief auf, denn nun war er dem verwegenen und unverschämten Menschen so weit entgegengekommen, als es überhaupt möglich war. »Was aber nun den heute zur Verhandlung stehenden Fall anbelangt«, – er erhob sich, – »so spreche ich, Adalbert Wogelein, Richter in Karolsmarkt, Euch, Tobias Klenk, im Namen Seiner Gnaden des durchlauchtigsten Herzogs in drei Punkten – nach Euerm eigenen Geständnis – schuldig. Erstlich wegen Tragens einer verbotenen Waffe, zweitens wegen versuchter Wilddieberei und drittens wegen tätlicher Widersetzlichkeit gegen Beamte in Diensten Seiner Gnaden des Herzogs. Daß Ihr mit der Jagdflinte im herzoglichen Revier betroffen seid, könnt Ihr selbst nicht leugnen. Daß Ihr sie zu einem andern Zweck als zu dem der Wilddieberei getragen habt, ist durchaus unglaubwürdig. Daß Ihr Euch gegen Eure Festnahme mit unerlaubten Mitteln zur Wehr gesetzt, worauf Gefahr für Gesundheit und Leben der in Ausübung ihrer Pflicht handelnden Personen erfolgte, ist gleichfalls erwiesen. Somit verurteile ich Euch« – er zögerte, denn nun fühlte er, daß er im Begriff war, den Schicksalsspruch über sich selbst zu fällen – »zu Gefängnis in der Dauer von einem Jahr und nachheriger Landesverweisung.«

In diesem Augenblick war Adalbert auf mancherlei gefaßt. Er hielt es ebenso für denkbar, daß Tobias Klenk ihn sofort als Verschwörer und Spießgesellen angeben, als auch, daß er sich auf ihn stürzen und ihn tätlich angreifen würde. Scharf sah er ihm ins Auge, als wollte er ihn durch seinen Blick in Schach halten, doch vermochte er in dem des Tobias nichts anderes zu lesen als den Ausdruck einer grenzenlosen Verachtung. Noch unheimlicher aber war ihm, daß der Herzog nach wie vor schweigend,

– 101 –

unbeweglich, mit über der Brust gekreuzten Armen auf seinem Platz sitzen geblieben war.

Adalbert gab dem Gerichtsdiener einen Wink, den Verurteilten abzuführen. Dieser, ohne den Richter, den Fürsten oder sonst einen der Anwesenden auch nur eines Blickes zu würdigen, wandte sich zur Türe und ging. Die übrigen blieben in der Gerichtsstube und, wie durch das Schweigen und die Unbeweglichkeit des Fürsten in Bann gehalten, sahen einander wohl unsicher an, verhielten sich aber völlig regungslos.

Adalbert, einsam wie in einem luftlosen Raum, ließ wieder, fast ohne es selbst zu wissen, sein »Weiter« vernehmen. Er nahm einen Akt zur Hand, der vor ihm lag, wandte sich an den Schreiber, als hätte er ihm irgend etwas darauf Bezügliches zu sagen, und nahm die Gelegenheit wahr, ihm zuzuflüstern: »Sorgt dafür, daß der Tobias in eines der unteren völlig sicheren Kellergelasse eingeschlossen werde.« Der Schreiber nickte, erhob sich, – zugleich trat ein Bauer mit seinem Weibe ein, als Klägerin gegen ihren Mann, der sie mißhandelt hatte.

Noch als Adalbert Wogelein die ersten Fragen an die beiden stellte, erhob sich der Herzog; als Adalbert das gleiche tat, wehrte der Herzog ab, sagte mild: »Ihr dürft Euch nicht stören lassen, Herr Richter!«, grüßte nach allen Seiten und ging, wie er gekommen, ohne auch nur durch ein Wort seiner Zufriedenheit oder seiner Mißbilligung Ausdruck zu verleihen. Von der Türe aus winkte er, ohne zu lächeln, dem Richter huldvoll zu, der trotzdem nicht vermochte, sich beglückt zu fühlen.

Die Leute, die nun dem Herzog nachströmten, verwies er unwirsch zur Ruhe und fuhr in der Vernehmung des Ehepaares fort. Der Schreiber kam zurück und bedeutete dem Richter durch einen Blick, daß dessen Auftrag bestellt und ausgeführt sei. Adalbert Wogelein brachte die Angelegenheit mit dem uneinigen Ehepaar eilig und etwas verdrossen zu Ende, noch eiliger die nächsten Streitfälle, schloß vorzeitig die Gerichtsstunde, vergewisserte sich beim Gefängnisaufseher, daß Tobias sich in sicherem Gewahrsam befinde, und mahnte nochmals, daß man ja keinerlei Vorsichtsmaßregeln gegenüber Tobias Klenk außer

– 102 –

acht, daß man es ihm aber an reichlichem Essen und Trinken nicht fehlen lassen dürfe.

Auf der Straße erfuhr er, daß der Herzog indes einige Handwerker aufgesucht hatte; so einen Goldschmied, dem er ein paar Schmuckstücke abgekauft, einen Drechsler, von dem er ein Schachspiel erworben; – und daß er sich jetzt eben in der Kirche aufhalte, nicht etwa, um seine Andacht zu verrichten, sondern, um sich von dem Schullehrer, der als geschickter Organist bekannt war, auf der Orgel vorspielen zu lassen. Die mächtigen Töne drangen an Adalberts Ohr, als er an der Kirche vorbeiging, vor der der Wagen des Herzogs wartete. Im übrigen war die Straße fast leer, da die Menge dem Herzog in das Gotteshaus gefolgt war.

Der Tag war schwüler, als es zu dieser frühen Jahreszeit der Fall zu sein pflegte, kein Lüftchen rührte sich, und Adalbert war es an Leib und Seele nicht behaglich zumute. Obzwar er sich selbst das Zeugnis erteilen mußte, daß er sich in seiner unsäglich schwierigen Lage so würdig und klug betragen, als nur immer möglich war; er fühlte sich nicht nur seltsam unsicher, sondern auch unzufrieden mit sich selbst, wie nie zuvor. Er fragte sich aufs Gewissen, ob sein Spruch anders ausgefallen wäre, wenn der Fürst der Verhandlung nicht beigewohnt hätte. Doch hier erhob sich gleich die zweite Frage, ob nicht vor allem Tobias Klenk in diesem Falle sich anders benommen, – ob sanfter oder frecher war freilich schwer zu sagen. Nun, wie immer, nach dem offenbaren Tatbestand war es nicht möglich gewesen, den Tobias Klenk jeder Strafe zu entheben; und ob man ihn nun auf ein halbes oder für ein ganzes Jahr hinter Schloß und Riegel sperrte, das machte keinen großen Unterschied.

Was den Richter Wogelein am schlimmsten peinigte, das war, daß er sich seinem Weibe gegenüber gerühmt hatte, er würde den Tobias in jedem Falle völlig frei ausgehen lassen. Aber war sie von dieser seiner Absicht nicht selbst aufs heftigste erschreckt gewesen und mußte nun erleichtert aufatmen, wenn sie hörte,

– 103 –

daß Tobias Klenk seine Schuld gar nicht geleugnet und sich vor
Gericht so über alle Maßen frech und herausfordernd betragen
hatte, als legte er es geradezu darauf an, das strengste Urteil über
sich heraufzubeschwören? Was mochte nur hinter diesem Betragen für eine geheime Absicht gesteckt haben? War es nur leidige
Prahlsucht gewesen? Oder ehrliche innere Empörung? Oder am
Ende nur der boshafte Drang, den alten Freund und Schulkame-
raden, den Richter Adalbert Wogelein, in die Tinte zu bringen?

Bei diesem Gedanken überlief es ihn kalt. Was wußte er am
Ende von des Herzogs wahrer Gemütsart und eigentlichem Wesen? Hatte der Schreiber heute morgen nicht allerlei verlauten
lassen von unangenehmen Dingen, die gewissen Räten in der
Residenz zugestoßen waren? Ob man es mit einem milden oder
gar edlen Fürsten zu tun hatte, oder mit einem verschlagenen
grausamen Herrn, das mußte sich erst erweisen. Und keineswegs war es außer dem Bereich aller Möglichkeit, daß vor dem
Hause des Richters Wogelein schon die Häscher warteten, um
ihn wegen geheimen Einverständnisses mit einem frechen und
staatsgefährlichen Gesellen festzunehmen und in den Kerker zu
schleppen. Durch die undurchdringliche, aber herablassende
Art des Herzogs in trügerische Sicherheit gewiegt, hatte Adalbert die furchtbare Gefahr, in der er schwebte, bisher kaum er-
wogen. War es nicht geraten vorzubauen, soweit das noch möglich war? Sollte er nicht unverzüglich Audienz nehmen beim
Herzog und ihn aufklären, daß es mit ihm, dem Richter Wogelein, keineswegs so bestellt sei, wie man nach des Tobias Klenk
Geschwätz und Gebaren wohl hätte vermuten dürfen? Daß er
ein redlicher und treuer, wenn auch eigenwillig und mutig den-
kender Beamter des Herzogtums war, der sich in seinem Leben
nichts Böses hatte zuschulden kommen lassen?

Und nun erst kam die rechte Erbitterung über ihn. Welch ein
heilloser Narr dieser Tobias in jedem Falle! Was war ihm nur ins
Gehirn gefahren, daß er sich vor dem Herzog als Empörer ge-
bärdet, ja bekannt hatte, ehe die Zeit für solche Vermessenheit
gekommen war? Hatte er nicht Verdacht geweckt gerade an der
Stelle, wo Mittel zu Gebote standen, Verschwörungen nachzu-

– 104 –

spüren, sie im Keim zu ersticken und ihre Anstifter aufs grausamste zu bestrafen? Und was hatte es überhaupt für eine Bewandtnis mit der Verschwörung, von der Tobias immer in dunklen Worten redete? Und wo steckten sie denn, die Kameraden, die nur auf die Zeichen warteten? Und was waren das für Zeichen, die kommen sollten –? Ha, ob dem Tobias Klenk nicht am Ende selbst bange geworden war vor gewissen Verpflichtungen, die er auf sich genommen, vor Schwüren, die er geleistet – und ob er sich nicht einfach ins Gefängnis hatte sperren lassen, um vor den Mahnungen und Befehlen seiner Spießgesellen in Sicherheit zu sein? – Und nun stand er, Adalbert Wogelein, als der allein Verantwortliche, als eingeweiht gewissermaßen, stand selbst als ein Verschworener da, gerade er, der im Grunde von der ganzen Sache so gut wie gar nichts wußte und nicht das geringste verstand –?

Und wie, wenn nun die Verschwörer, die jetzt, wenn man dem Tobias glauben durfte, verstreut, an verschiedenen Orten des Deutschen Reichs in der Verborgenheit warteten, hier in Karolsmarkt erschienen und ihn zur Rechenschaft forderten dafür, daß er den Tobias Klenk ins Gefängnis gesperrt hatte –?

Schweißtropfen perlten ihm auf der Stirn. Gefahren überall – es war, um toll zu werden. Er war so rasch gegangen, daß er sein Haus schon zu sehen vermochte, das, als das letzte im Ort, in freundlicher Spätnachmittagsstille mit blühendem Flieder im Vorgarten, friedlich und unbeirrt heiter dalag, obzwar indes graue Wölkchen am Himmel heraufgezogen waren. Nun, hier sah es keineswegs danach aus, als wenn Häscher irgendwo im Hinterhalt lauerten.

Doch nun war es ein anderer Gedanke, der ihn ganz plötzlich beunruhigte und schlimmer beinahe, als es die früheren getan: er mußte sich gestehen, daß er dem Wiedersehen mit Agnes geradezu mit Angst entgegensah. Am Morgen, da er das Haus verlassen, war sie noch zu Bette gelegen, und eine unbegreifliche Befangenheit hatte ihn erfüllt, als sie ihm mit fremdem Blick, in dem keine Erinnerung des vergangenen Abends mehr zu schimmern schien, die Stirne zum Morgenkuß geboten und sich gleich

– 105 –

wieder, als wollte sie den Beginn eines neuen Tages überhaupt noch nicht wahrhaben, abgewandt und die Augen geschlossen hatte. Wie würde sie ihn nun empfangen? Wie aufnehmen, was er ihr zu erzählen hatte?

Er fand Agnes im Erker sitzen, den Blick dem Wäldchen zugewandt, das, ein paar Schritte von hier beginnend, sich bis zum Schlosse Karolslust und darüber hinaus erstreckte, und eine Häkelarbeit ruhte ihr im Schoß. Sonst, wenn sie Adalberts Schritt nur hörte, pflegte sie ihre Arbeit zu unterbrechen und ihm entgegenzugehen. Heute aber schien sie seinen Eintritt zuerst nicht zu bemerken; dann, ganz plötzlich, erhob sie sich, lief ihm entgegen und umhalste ihn so stürmisch, wie es sonst ihre Art nicht war. Zuerst stutzte er, dann dachte er aufatmend: Sie weiß schon! Man hat ihr berichtet, wie würdig ich mich gehalten habe, und sie ist stolz auf ihren Gatten. Er überließ der Magd Mantel und Hut, und heiter bemerkte er: »Das Essen ist hoffentlich fertig. Ich darf sagen, daß ich mich bei recht gutem Appetit befinde.«

Als die Magd das Zimmer verlassen, wollte Agnes, wie sie es manchmal halb scherzend zu tun pflegte, selbst die Perücke vom Haupte ihres Gatten entfernen. Er ließ es sich nicht gefallen und behielt sie, als gälte es, Würde zu bewahren, auf dem Kopf.

»Nun, wie hat man sich heute den ganzen Tag befunden?« fragte er vergnügt. »Viel geschafft in Haus und Garten? Besuch empfangen?«

Sie verneinte. Er wunderte sich. Wenn niemand dagewesen war, woher wußte sie? Und wenn sie nicht wußte, was war es, das sie so fröhlich machte? Und vorsichtig fragte er: »Was hast du denn, meine liebe Frau? So guter Dinge und dabei so schweigsam kenn' ich dich gar nicht.«

»Denk' nur, Adalbert«, sagte sie, und ihre Augen leuchteten. »Gleich nachdem du fortgingst heute morgen, ich war eben aufgestanden, fuhr der Herzog vorbei und winkte mir einen Gruß zu.«

Dem Adalbert Wogelein wollte das Herz vor Grimm erstarren. Er ließ sich's nicht merken, und mit abgewandtem Gesicht

– 106 –

sagte er: »Das ist weiter nicht wunderbar. Er kann wohl nicht anders als an unserem Haus vorbeifahren, wenn er von der Residenz über Karolslust in den Markt will.«

»Und ich, denk' nur Adalbert, erkannte ihn nicht gleich. Ich dachte, es sei ein Hofkavalier oder sonstwas von der Art. Erst als er lächelte und grüßte, wußte ich, daß er es war und kein anderer. Und da verneigte ich mich tief.« Und in der Erinnerung neigte sie sich wieder und blieb eine Weile in dieser Haltung stehen.

»Da hast du recht daran getan«, sagte Adalbert mit noch verhaltenem Grimm, »daß du dich so höflich verneigt hast. Es muß freilich etwas komisch ausgesehen haben, wenn du dabei geradeso rot geworden bist, wie jetzt, – da du mir's berichtest.«

Mühselig beherrscht, nahm er sie um die Hüfte, sie sah ihn befremdet von der Seite an, und er geleitete sie zum Tisch, wo eben die Suppe aufgetragen war.

Agnes teilte vor und sagte: »Es mag wohl sein, daß ich ihm etwas komisch erschienen bin, denn er wandte sich lächelnd nach mir um und winkte mir nochmals einen Gruß zu.« Sie hob die Hand und winkte in der gleichen Art, wie es der Herzog getan haben mochte.

»Ist es möglich?« rief Adalbert, mit dem Löffel heftig in seinem Teller rührend, »winkte dir einen Gruß zu? Was für ein herablassender, gnädiger Herr. Nun, wenn die Tante Katharina am Fenster gestanden wäre, dann hätte sich der Herzog wohl nicht umgewandt, vielleicht kaum gegrüßt, – die würdige Frau am Ende gar nicht bemerkt.« Und er lachte überlaut.

»Was sprichst du denn da, Adalbert! Meinst du wirklich, sein Gruß galt meiner Jugend, meinem Blondhaar und glatten Gesicht? Er grüßt gewiß alle Menschen, Frauen und Männer, Junge und Alte auf die gleiche Weise. Hättest du ihn nur gesehen! Welche Güte, welcher Adel, welche Heiterkeit in seinem Blick! Es hat mich froh gemacht für den ganzen Tag. Nicht nur um meinetwillen, Adalbert, für uns alle!«

»Wahrhaftig, Agnes, was du aus seinem Antlitz alles herauszulesen vermochtest! Es muß wohl an mir liegen, daß mir nicht

– 107 –

das gleiche gelang. Was freilich daher kommen mag, daß ich ihn leider nicht lächeln, sondern nur eine ganz verdammte Tyrannenfratze schneiden sah.«

Ihr blieb der Löffel zwischen Mund und Teller stehen. »Was sagst du da? Du hast den Herzog gesehen, Adalbert?«

»Nun, was ist daran wieder Wunderbares? Denkst du, im Markte habe er sich unsichtbar gemacht? Oder er habe nur Schule, Bürgermeisteramt und Kirche besucht, ein Schachspiel, Kettlein und Ringe gekauft und sich Orgel vorspielen lassen? Bei Gericht war er gleichfalls, wie sich's gehört, – und hatte die besondere Gnade, wohl eine Stunde lang oder mehr meiner Amtierung beizuwohnen.«

Sie erblaßte. »Und das sagtest du mir nicht gleich, Adalbert? Was ist geschehen? Was sprachst du da früher von Tyrannenfratze und verdammt? Rede, Adalbert, rede! Mir ist, als hätte ich zu heiterer Laune keinen Anlaß mehr! Er war dabei, als du über Tobias Klenk zu Gericht saßest? Rede, Adalbert? – Du hast den Tobias – am Ende gar freigesprochen?«

Adalbert runzelte die Stirn. »Wenn ich's nicht getan, so war es nur, um ihn vor Schlimmerem zu bewahren.« Und den Teller von sich wegschiebend: »Daß du's nur gleich weißt, Agnes, um des Tobias Klenk willen war der Herzog nach Karolsmarkt gefahren.«

»Wie?!«

»Alles andere geschah nur zum Schein. Es war ihm nämlich unverzüglich hinterbracht worden, daß der Oberjägermeister von Tobias Klenk so übel behandelt worden sei, und man ließ mich wissen – daß du's nicht verrätst, Unglückselige – es werde gewünscht, daß den Tobias die strengste Strafe ereile, kurz und gut, daß er gehängt werden sollte. Denn es ist kein Zweifel, daß das Gerücht von der Verschwörung, die sich vorbereitet, auch schon zum Herzog gedrungen ist.«

»Um Himmels willen«, rief Agnes und rührte keinen Bissen von dem Braten an, der eben aufgetragen worden war. »So geht's am Ende auch dir an den Kragen?«

Adalbert stürzte ein Glas Wein hinunter. »Nicht von mir ist

– 108 –

die Rede – bis auf weiteres – aber daß du's nur weißt: so verhält es sich in Wahrheit, Agnes, so sieht dein edler, gütiger Herzog in der Nähe aus. Hängen lassen einen armen Teufel, der seiner Mutter was zum Essen heimbringen will! – Und wenn du den Kerl gesehen hättest, Agnes, der sich heute in aller Frühe, ehe ich ins Amt trat, an mich heranschlich und mir zu verstehen gab, man werde meine Dienste zu belohnen wissen! Aus welchem Stoff, frage ich mich, schafft unser Herrgott solche Visagen? Und wie sind einem Fürsten dergleichen Kreaturen immer so-fort zur Hand? Und wie machen sie's, daß sie in den Erdboden verschwinden, wenn sie ihr Sprüchlein aufgesagt haben?«

»Erzähl' doch, erzähl' doch«, sagte Agnes mit erstickter Stimme.

»Als wüßtest du nicht schon genug«, entgegnete Adalbert. »Plötzlich saß der Herzog da, niemand wußte, wie er hereinge-kommen war. Daß er selbst in höchsteigener Person erscheinen würde, das hatte jener Kerl verschwiegen. Aber nun, als ich ihn da sitzen sah, den Herzog, wußte ich, daß er nur wegen des To-bias Klenk aus der Residenz hierhergefahren war, den man ihm als Anführer denunziert hatte. Ich aber ließ mich's nicht anfech-ten, waltete meines Amtes weiter wie jeden Tag und gab nicht eher Weisung, den Tobias vorzuführen, als bis die Reihe an ihn kam. Der aber schien es geradezu darauf angelegt zu haben, sich um den Hals zu reden. Nicht nur, daß er ohne weiteres gestand, wessen er beschuldigt war, zum Überfluß hielt er noch eine Rede gegen Fürstentum und Tyrannei, behandelte mich dabei als seinen Duzkameraden, so, als hätte er es verwettet, daß ich neben ihm am Galgen hängen sollte – wahrhaftig, er hat es nicht um mich verdient, daß ich ihn so gelind behandelte, wie ich's tat, und ihn nur zu ein paar Monaten verurteilte, noch weniger aber verdient er's, daß ich ihn, wie es meine feste Absicht ist, sobald es irgend angeht, vielleicht noch in dieser Nacht, aus dem Gefängnis befreien und in sicherer Hut über die Grenze schaffen lasse, um ihn vor der Rache des Herzogs zu erretten.«

»Ist dies dein Ernst?« rief Agnes aus.

»So wahr ich hier an diesem Tische sitze.«

»Nun«, rief Agnes, »da mir Gott solch einen unverbesserlichen Narren zum Mann gegeben hat, so will ich selbst um Audienz beim Herzog ansuchen und ihn anflehen, daß er dich dein Betragen nicht soll büßen lassen, weil ja nur der Tobias Klenk an allem schuld ist, der dich verrückt gemacht hat.«

»Was fällt dir ein, Unglückselige«, schrie Adalbert auf. »Willst du mich dem Herzog in die Hände liefern, dem in diesem Augenblick doch wohl noch keinerlei triftige Beweise gegen mich vorliegen?« Er packte sie bei den Schultern und hielt sie fest, als hätte er Angst, daß sie ihr Wort gleich wahrmachen könnte. »Oder wünschest du etwa – daß ich ohnmächtig hinter Kerkermauern schmachte, damit der elende Wüstling ungehindert –«

In diesem Augenblick ließ sich von der Straße her ein dumpfer Krach vernehmen. Da der Himmel sich indes völlig umwölkt hatte, dachte Adalbert zuerst, es könnte ein Donnerschlag sein, aber es hatte doch anders geklungen; etwa so, wie wenn irgendein schwerer Gegenstand niedergestürzt wäre. Agnes lief ans Fenster, beugte den Kopf hinaus, wandte sich zurück an Adalbert, der in ahnungsvollem Schreck dastand, wie an den Boden gewurzelt.

»Ein Wagen ist – umgefallen«, sagte Agnes tonlos. Adalbert trat zu ihr. Am Fenster vorbei lief eben die Magd der Unfallstelle zu.

Etwa fünfzig Schritte vom Haus entfernt, auf offener Straße, lag die Hofkarosse. Der Kutscher richtete sich eben aus dem Felde auf, auf das der Sturz ihn hingeschleudert; ein Lakai, etwas gekrümmt, reichte seine Hand einer männlichen Gestalt entgegen, die unter allerlei Körperverrenkungen unter dem Wagen emportauchte, plötzlich aufrecht dastand und die Arme reckte. Es war der Herzog. Sie hörten seine Stimme, ohne die Worte verstehen zu können. Er wandte sich anscheinend mit beruhigenden Worten an einige Leute, die herbeigeeilt waren, und schien dem Lakai einen Befehl zu erteilen. Der Kutscher war schon mit den Pferden beschäftigt, der Herzog sah rings um sich, und sein Blick fiel sofort auf das alleinstehende Haus des

– 110 –

Richters, ohne daß er von seinem Standort aus die beiden Köpfe am Fenster hätte wahrnehmen können.

Nach kurzer Überlegung schritt er dem Hause zu, die Magd lief ihm voraus, Gartenpforte und Haustür waren offengeblieben. Die Magd stürzte ins Zimmer, vermochte aber kein Wort herauszubringen, wies hilflos mit beiden Armen hinter sich und verschwand wieder. Adalbert und Agnes sahen einander mit leeren Blicken an. Sie hörten Schritte draußen. Adalbert, zuerst seine Fassung gewinnend, ging dem Herzog in den Vorraum entgegen und empfing den Eintretenden mit einem tiefen Bückling.

Der Herzog erkannte ihn sofort. »So, ist das Euer Haus, mein werter Herr Richter? Das trifft sich gut. Wollt Ihr mir Obdach gewähren, bis der kleine Schaden an meinem Wagen repariert ist?«

Die ersten schweren Regentropfen fielen eben auf die Schwelle.

»Herzogliche Gnaden«, begann Adalbert, ohne vorerst ein weiteres Wort herauszubringen, und mit devoter Gebärde wies er auf die offene Tür ins Wohngemach. Der Herzog trat ein, Adalbert folgte.

Agnes, immer noch am Fenster, hatte dem Eintretenden den Kopf zugewandt. Sie neigte sich kaum; die Blässe ihres Angesichts, das Leuchten ihres Blicks, das schlaffe Niedersinken ihrer Arme war Gruß genug.

Der Herzog wandte sich flüchtig zu Adalbert, der in gebückter Haltung hinter ihm stand. »Eure Hausfrau, Herr Richter?« Und, ohne eine Antwort abzuwarten, vor Agnes hintretend: »Heute morgen, als ich vorüberfuhr, hielt ich Euch für ein junges Mädchen. Willkommene Fügung, daß mir das Rad gerade vor diesem Hause aus der Achse lief. Schlimmeres nämlich ist nicht geschehen. Ich werde Euch nicht lange zur Last fallen. Aber ich habe Euer Mahl unterbrochen, das war nicht die Absicht; mit Eurer Erlaubnis werde ich an Eurem Tische Platz nehmen.«

»Durchlauchtigster Herzog«, sagte Adalbert und rückte einen Sessel zurecht, »die Ehre, die unserem geringen Hause widerfährt, ist so groß, daß auch der untertänigste Dank weit hinter dem Gefühl unseres Glückes zurückbleiben mußte.« Er warf einen raschen zwinkernden Blick zu Agnes hin, mit dem er sie glauben machen wollte, daß nur versteckter Hohn seiner Rede eine so demütige Fassung verliehen.

Agnes aber, völlig in den Anblick des Herzogs verloren, hatte kaum gehört, was Adalbert gesprochen. Der Herzog lud sie durch eine Gebärde ein, Platz zu nehmen. Sie stand regungslos. Adalbert gab ihr einen Wink, der Aufforderung des Herzogs Folge zu leisten. Sie merkte nichts davon. Nun trat der Herzog selbst auf sie zu, ergriff ihre Hand, führte sie nach höfischer Sitte an den Tisch hin; und erst, als sie sich niedergelassen, setzte er selbst sich ihr gegenüber, während Adalbert unschlüssig stehenblieb.

»Nun, Herr Richter«, meinte der Herzog lächelnd, »wollt Ihr uns nicht Gesellschaft leisten?«

»Durchlauchtigster Herzog«, erwiderte Adalbert, »unser Mahl war bereits zu Ende. Aber ich bitte um gnädige Erlaubnis, Durchlaucht einen Imbiß und einen Trunk anzubieten.«

Der Herzog entgegnete, daß er gern von den verzuckerten Früchten und dem Backwerk ein paar Bissen verzehren und dazu einen Schluck Wein trinken wolle. Adalbert brachte Teller und Glas, teilte vor und schenkte ein. Nun aber bestand der Herzog darauf, daß Adalbert sich niedersetzte; trank seinen Gastgebern zu und forderte sie auf, ihm Bescheid zu tun.

Adalbert tat so, Agnes aber hielt ihr Glas fest umklammert, und erst ein neuer ermutigender Blick des Herzogs vermochte sie dazu, ihr Glas an die Lippen zu führen und daran zu nippen. Adalbert schenkte dem Herzog von neuem ein, dieser trank, aß eine verzuckerte Aprikosenschnitte, sah sich beifällig im Zimmer um, lobte die blitzblanke Wohlgehaltenheit des Raums, die hübsche Lage des Hauses, das anmutige Gärtchen; seine Worte flossen freundlich-harmlos dahin, er legte es sichtlich darauf an, der schönen Hausfrau jede Befangenheit zu nehmen. Adalbert aber, so sehr er es bedauerte, daß der Herzog bei dem Sturz mit dem Wagen sich nicht den Hals gebrochen, fühlte sich widerstandslos von dem Glanz geblendet, den die Anwesenheit des Fürsten in seinem Haus verbreitete.

Der Herzog äußerte sich mit Anerkennung über das treffliche Spiel des Organisten, woran er sich eben in der Kirche erfreut, und pries die Geschicklichkeit der Handwerker, bei denen er Waren eingehandelt hatte; der Besuch der Schule war gleichfalls zu seiner Zufriedenheit verlaufen, für das reinliche Aussehen sowie die Betriebsamkeit des Städtchens fand er die freundlichsten Worte und kargte nicht mit Lob für die Person des Bürgermeisters, den er schon in früher Morgenstunde, völlig unerwartet aus der Residenz vor dem Stadthaus eintreffend, fleißig über den Stadtakten angetroffen habe.

»Der Bürgermeister, Herzogliche Gnaden«, erlaubte sich der Richter einzuwerfen, »ist der Vater meiner Frau.«

Der Herzog nickte und lächelte zu Agnes hin, die noch immer keine Silbe gesprochen und mit großem Blick an den Lippen des Herzogs hing. »So habt Ihr denn, schöne Frau«, sagte der Herzog, »nicht nur einen guten Ehemann, sondern einen vorzüglichen Vater; und ich freue mich, so treffliche Männer in meinen Diensten zu wissen.« Und sich an Adalbert wendend, dem das Herz nun wieder heftig zu klopfen anfing. – »Die Stunde bei Gericht, warum soll ich's verschweigen, war mir die merkwürdigste von allen. Und besonders die Erscheinung dieses abenteuerlichen Gesellen in gelben Stiefeln, wie hieß er doch nur?«

»Tobias Klenk, Herzogliche Gnaden.«

– »war mir unterhaltend und lehrreich zugleich. Ich hätte kaum gedacht, daß es in meinem kleinen Lande so originale Köpfe gibt.«

Adalbert Wogelein hielt den Atem vor angstvoller Spannung an, und der Herzog sprach weiter: »Ich finde es sehr lobenswürdig von Euch, Herr Richter, daß Ihr es nicht verschmäht, Euch mit solchen Subjekten, wenn sich's so fügt, an einen Tisch zu setzen. Nur auf solche Weise gewinnen Menschen, deren Beruf Einblick in andere menschliche Seelen erfordert, Kenntnisse und Erfahrungen, die ihnen sonst leicht versagt bleiben.«

»Dies habe ich früh eingesehen, Herzogliche Gnaden«, bemerkte der Richter mit einem unsicheren Blick zu Agnes hin, die sich in ihrem Schweigen immer weiter von ihm zu entfernen schien, und er fügte hinzu: »Es gibt allerhand gefährliche Gesellen in unserem Land.« Dies hatte er eigentlich nicht sagen wollen, aber nun war es einmal geschehen.

»Da mögt Ihr recht haben, Herr Richter«, sagte der Herzog. »Aber zu diesen gefährlichen Menschen scheint mir der Tobias Klenk nicht zu gehören. Dergleichen Subjekte sind nicht ernst zu nehmen. Zum mindesten bedeuten sie nichts für sich allein. Vereint mit vielen ihresgleichen und innerhalb einer aufgeregten Masse können sie wohl Unheil stiften, aber hierzulande besteht wenig Gefahr, daß die Ansichten, die der närrische Mensch vor Gericht großtuerisch zum besten gab, bei meinen wohlgesinnten Untertanen irgendwelchen Widerhall fänden. Wie denkt Ihr darüber, Herr Richter Adalbert Wogelein?«

»Hierfür, Herzogliche Gnaden, glaube ich gleichfalls mich verbürgen zu können. Freilich, wenn mir eine Bemerkung verstattet ist –«

»Sprecht nur frei, Adalbert Wogelein«, sagte der Herzog.

»Auch als einzelne Personnage, Durchlauchtigste Gnaden, wäre gerade Tobias Klenk nicht als ungefährlich anzusehen, wie Durchlauchtigste Gnaden es in fürstlicher Milde anzunehmen geruhen. Solches hat er nicht nur durch sein Verhalten gegenüber dem Herrn Oberjägermeister und dessen Gehilfen, durch sein ungebührliches Betragen vor Gericht, überdies in Anwesenheit seines Durchlauchtigsten Fürsten in höchst bedauerlicher Art kundgegeben – auch seine Vergangenheit, sein Leumund, die Gerüchte –«

»Nun«, unterbrach ihn der Herzog mit leichter Ungeduld, »es wird solchen Gesellen niemals gelingen, in meinem Land irgendwas Übles anzurichten, solange ich so tüchtige Leute, seien es nun Jäger oder Richter, in meinen Diensten habe, als mir – durch Gottes Fügung – vergönnt ist.«

Während er so sprach, sah er in wachsendem Unbehagen an dem Richter vorbei. Doch den Blick seiner Frau fühlte Adalbert von Sekunde zu Sekunde immer starrer auf sich gerichtet, und er

– 114 –

begann zu wünschen, daß all die freundlich herablassenden Worte des Herzogs, dessen gütig-mildes Betragen nichts anderes zu bedeuten hätte als Verstellung und Tücke – wünschte beinahe, daß draußen vor dem Haus wirklich die Häscher schon bereitstünden und nur eines herzoglichen Winkes harrten, um ihn, Adalbert, ins Gefängnis zu schleppen, so daß sich am Ende doch alles, was er lügnerisch und feig seiner Frau über den Fürsten erzählt hatte, als traurige Wahrheit erwiese. Doch während er so dachte, fühlte er zugleich, wie er das Haupt zum Dank für das Lob des Herzogs wider Willen gleichsam bis zum Teller hinabneigte; und was er sich zu eigenem Staunen fast wie einen, der gar nicht er selber war, sagen hörte, waren die demütigen Worte: »Meines Durchlauchtigsten Herrn Zufriedenheit zu erringen, wird mir jederzeit das höchste Glück bedeuten.«

Der Lakai trat ein und meldete, daß der Wagen instand gesetzt sei. Der Herzog erhob sich, trank Agnes noch einmal zu und sprach: »Nehmt meinen Dank für die freundliche Bewirtung. Ich möchte mich Euch gerne erkenntlich zeigen, und so bitt' ich Euch, einen Wunsch auszusprechen, dessen Erfüllung Euch am Herzen liegt – noch ehe ich von diesem gastlichen Hause Abschied nehme.«

Doch Adalbert, als wollte er verhüten, daß Agnes vor dem Herzog ihre Stimme vernehmen lasse, erwiderte an ihrer Statt: »Daß Eure Herzogliche Gnaden geruhten, in unsere arme Hütte einzutreten, an unserem bescheidenen Tisch zu sitzen und von unserem schlechten Wein zu trinken, ist uns überreicher Dank.«

»Euch vielleicht, Herr Richter«, entgegnete der Herzog kühl. »Und da ich eine Erwiderung dieser Art von Euch beinahe erwarten konnte, zog ich es vor, meine Frage an Eure anmutige Gattin zu richten; – auch darum, daß ich endlich den Ton ihrer Stimme zu vernehmen so glücklich sei, was mir bis zu diesem Augenblick leider noch nicht vergönnt war. Also nochmals, schöne Frau, sprecht einen Wunsch aus; – wenn es irgend in meiner Macht steht, will ich ihn erfüllen.«

»Durchlaucht«, begann Agnes mit leiser, aber klarer Stimme – und Adalbert ging ein Zittern durch den ganzen Leib, »Durch-

lauchtigster Herzog, ich habe nur diese eine Bitte, daß Ihr huld-
reichst geruhen mögt, dem Tobias Klenk seine Strafe nachzuse-
hen und ihn aus seiner Haft zu entlassen. «

Des Herzogs Züge wurden mit einem Male ernst. Adalbert
schöpfte eine Hoffnung, eine unklare, törichte Hoffnung, der
Herzog würde Agnes' Bitte abschlagen mit hartem Wort: Wie,
dies eine Jahr, das ohnehin viel zu wenig ist, soll ich ihm nachse-
hen? Welche Verwegenheit! Nun seh' ich, daß Ihr alle im Bunde
mit ihm seid. Ins Gefängnis mit Euch beiden, und der Tobias soll
hängen!

Aber der Herzog sprach anders: »Wie sehr beklag' ich«, sagte
er, »beste Frau, daß Ihr von hundert oder tausend Wünschen, die
Ihr wohl hättet äußern dürfen, gerade den einen aussprecht, den
zu erfüllen ich völlig außerstande bin. « Und nach einem kleinen
Zögern: »Ich kann dem Tobias Klenk die Freiheit nicht schenken
– weil er sich schon seit einer Stunde wieder ihrer erfreuen darf. «
Und zu Adalbert gewandt, der, wie auf die Stirn geschlagen,
dastand: »Mit Eurer Erlaubnis, Herr Richter, habe ich den
lächerlichen Patron aus dem Gefängnis entlassen und denke
daran, wie ich Euch verraten will, ihn im Schlosse Karolslust als
Jagdgehilfen anzustellen, wo er dann seinen Gelüsten in beque-
merer Weise als bisher und ohne Fährlichkeiten für sich selbst
und meine anderen Jäger wird frönen können. «

Adalbert war totenblaß, und ein dünnes, leeres Lächeln ver-
zerrte seinen Mund. Zu Agnes wagte er nicht einmal hinzuse-
hen. Nach einer Entgegnung zu suchen, war ohne Sinn, und so
tat er nichts weiter, als daß er sich, wie er schon so oft in dieser
Stunde getan, tief neigte, als fühlte er sich gedrängt, in des Tobias Klenk Namen dem Herzog für dessen Gnade zu danken.

Dies aber ermutigte Agnes, irgendeinen andern, leichter zu
erfüllenden Wunsch auszusprechen, damit er nicht am Ende ge-
nötigt sei, wie er sagte, dies gastliche Haus als Schuldner zu verlassen.

Und mit einer Stimme, die so fern und fremd für Adalbert
klang, daß es ihm kalt über den Rücken lief, erwiderte Agnes:
»So wünsche ich mir denn, von meinem Durchlauchtigsten

Herrn und Herzog als Gartenmägdlein erwählt zu werden – und
wenn es meinem Herrn nicht gefällt, mich sofort mit sich nach
Karolslust zu nehmen, so erbitte ich mir, unter seinem Schutz
unverzüglich an irgendeinen andern sichern Ort gebracht zu
werden, um auch nicht eine Stunde länger in diesem Hause, an
der Seite dieses Mannes, der mein Gatte war, weiterleben zu
müssen.«

Adalbert glaubte vor Scham, Wut und Verzweiflung zu Boden sinken zu müssen; doch er wurde nur noch blässer, seine
Züge noch verzerrter; und seine Lippen bebten.

Der Herzog warf einen mitleidigen, aber kaum verwunderten
Blick auf ihn, sah gleich wieder, wie um ihn zu schonen, von
ihm fort, dann wandte er sich zu Agnes, die regungslos vor ihm
stand, keineswegs einem Weibe gleichend, das gewillt wäre, in
plötzlich erwachter Leidenschaft sich einem Geliebten an den
Hals zu werfen, sondern wie eines, das zu irgendeiner unwider-
ruflichen, düsteren Tat fest entschlossen war, und langsam den
Kopf schüttelnd, wie in höflichem Bedauern, erwiderte der
Herzog: »Seltsam, auch dieser Euer zweiter Wunsch ist einer,
den zu erfüllen ich außerstande bin, denn die Institution der Gartenmägdlein, schöne Frau, denke ich abzuschaffen, wie es noch
mit manchem anderem in diesem Lande geschehen wird – und
das Schloß Karolslust soll mir und meiner künftigen Gattin, der
Prinzessin von Württemberg, während der Sommermonate als
Aufenthalt dienen.«

Agnes stand regungslos, doch alles Blut war aus ihren Wangen gewichen.

Der Herzog betrachtete sie lange, und mit sanfter, fast gütiger
Stimme sprach er weiter: »Vielleicht aber, schöne Frau, geht
Euer Wunsch gar nicht so weit, als Ihr es Euch in diesem Augenblick einbildet; und es lockt Euch nur, das Schloß, über das so
viele Sagen hier im Lande umgehen, einmal in der Nähe zu bese-
hen. Und so lade ich Euch denn zu einer kleinen Spazierfart nach
Karolslust ein; wir wollen dort, wenn's Euch genehm ist, eine
Weile im Park auf und ab wandeln; – Ihr vertraut mir Eure Bedenken und Kümmernisse an, die wohl nicht so schwer zu

– 117 –

beschwichtigen sein werden, als es Euch in dieser Stunde erscheinen mag; – und Ihr werdet selbst entscheiden, ob Ihr in Karolslust unter dem Schutz der Frau Oberjägermeisterin Aufenthalt nehmen wollt, oder ob Ihr nicht vorzieht, noch vor Abend in dieses Haus zurückzukehren – um nicht zu tun, was Euch später doch einmal gereuen könnte. «

»Mich«, erwiderte Agnes, und Adalbert war es, als hätte er ihre Stimme noch nie gehört, »wird von heute ab nichts mehr gereuen, was immer ich tun werde, mag's eine Spazierfahrt ins Wäldchen sein, mein Durchlauchtigster Fürst, oder eine Reise in die weite Welt. « Sie griff nach einem Mäntelchen, das über einer Stuhllehne hing. »Hier bin ich«, sagte sie, – und als wäre sie solche Sitte von jeher gewöhnt, reichte sie dem Herzog erhobenen Arms die Hand, der diese ergriff und Agnes, wie irgendeine Dame adeligen Geblüts, in höfischer Haltung bis zur Türe geleitete.

An Adalbert sah sie vorbei – vielmehr sie schien ihn überhaupt nicht zu sehen, als wäre er für sie aus der Zahl der Lebendigen weggelöscht.

Der Herzog, wie in plötzlichem Mitleid, wandte sich an der Türe noch einmal nach ihm um. »Herr Richter Wogelein«, sagte er, »wir wollen trotz allem hoffen, daß sich die Sache in befriedigender Weise und nicht durchaus zu Eurem Nachteile aufklären werde. Ihr mögt in jedem Fall bis auf weiteres meiner Huld versichert sein. «

So verließ er mit Agnes das Haus. Adalbert, an der Stelle festgewurzelt wo er stand, hörte ihre Schritte über den Gartenkies, gleich darauf klang ein Murmeln von draußen an sein Ohr, und er wußte, ohne es zu sehen, daß Leute den Wagen umstanden und mit ansahen, wie sein Weib mit dem Herzog davonfuhr.

Er hörte, wie das Murmeln sich verstärkte, er glaubte, das eine und andere zusammenhanglose Wort zu verstehen; dann entfernten sich die Stimmen allmählich. Ihm blieb nur ein dumpfes Brausen im Ohr, das Zimmer drehte sich um ihn, die Beine waren ihm bleischwer, es wirbelten ihm die Sinne. Er lauschte in die Küche hinaus. Es war ganz still, auch die Magd war davon. Gewiß war sie in den Markt geeilt, zu seinem Schwiegervater, dem Bürgermeister, ihm schnellstens die kostbare Neuigkeit zu bringen. Er schlich zur Tür, die noch offenstand, und versperrte sie, ohne recht zu wissen warum, dann ließ er sich auf den Stuhl niedersinken, auf dem früher der Herzog gesessen hatte, krampfte das Tischtuch zwischen den Händen, daß die Teller und Gläser klirrten, und stöhnte vor sich hin mit verglasten Augen. Er griff nach einem Tafelmesser, ließ es in den Fingern hin und her spielen, dachte, daß er am klügsten daran täte, sich den Hals abzuschneiden, und wußte doch, daß er zu solcher Kühnheit nie und nimmer geschaffen war.

Er fragte sich, was er nun eigentlich beginnen sollte. Hier sitzen und warten, bis der Herr Schwiegervater erschien – und andere Leute aus dem Markt und ihm ihre höhnische Teilnahme bezeigten? Oder so lange etwa, bis Agnes von ihrer Spazierfahrt wieder heimkehrte? – Ha, ha, heimkehrte! Nie kam sie zurück, das war gewiß. Solch ein Narr war der Herzog nicht, daß er nicht nehmen sollte, was man so bereitwillig ihm entgegenbot. Heute nacht, in dieser Stunde noch, wurde Agnes, was sie werden wollte, Gartenmägdlein, des neuen Herzogs erstes Gartenmägdlein im Schlosse Karolslust. Schon im Augenblick, da der Herzog zum erstenmal durch diese Tür geschritten, ja heute morgen schon, als er vorbeigefahren war, hatte sie sich ihm mit Herz und Sinnen hingegeben. Er, Adalbert, hatte es ja gespürt, und darum nur, aus Wut und Ekel, hatte er über den Herzog all den Unsinn geschwatzt, der doch tiefen Sinnes voll, all diese Lügen, die wahrer als alle Wahrheit waren. Wie hatten Seine Herzoglichen Gnaden doch gesagt, ehe sie mit dem infamen Weibsbild durch die Türe hinausspaziert waren? »Wir wollen trotzdem hoffen, daß sich die Sache nicht durchaus zu Eurem Nachteil aufkläre.« Das war schlau vorgebaut. Denn daß Agnes nichts sonderlich Gutes über ihn reden werde, das konnte der Herzog wohl voraussehen.

Die Elende! Schmach und Schande hatte sie über ihn gebracht, über den Richter Adalbert Wogelein, der vor wenigen Stunden noch in Amt und Würden auf seinem Stuhl gethront hatte, als gerecht und weise, hochgeehrt in Stadt und Land, und der sich nun niemals wieder auf die Gasse wagen durfte, ein Gespött jedem Buben, jeder Magd, dem ganzen Volk von Karolsmarkt. Und auch in die Gerichtsstube nicht mehr, ins Wirthaus nicht und nirgendshin, wo die Leute ihn kannten! Vorbei war es mit Amt und Würden, vorbei mit dem Aufenthalt an diesem Ort; nicht eine Nacht mehr durfte er hier verweilen; – wie immer er sein Schicksal nahm, dies eine stand über allem fest, er mußte fort, fort, fort, noch ehe Leute kamen.

Er stürzte ins Nebenzimmer, wo er im Kleiderschrank an verborgener Stelle ein Sümmchen verwahrt hatte, das wohl für ein paar Monate reichen mochte. Fort – fort – aber wohin? Mußte er denn nicht vor allem fort, um der Rache des Tobias Klenk zu entfliehen, der, von diesem Unglücksherzog in Freiheit gesetzt, vielleicht jetzt schon auf dem Weg hierher war und weiß Gott, wie Schlimmes gegen ihn im Schilde führte? Sie hatten sich ja alle gegen ihn verschworen, Agnes, der Herzog und Tobias Klenk; und auf irgendeine teuflische Art schienen sie ihm nun alle miteinander gegen ihn im Bunde zu stehen; – ihnen allen mußte er entfliehen.

Und was sollte mit diesem Hause geschehen, das sein Eigentum war? Wem ließ er es zurück? Dem schamlosen Weibsbild, das ihm mit dem Herzog durchgegangen war? Er sah sie vor sich an des Herzogs Seite in stolzer Hofkarosse die Straße nach dem Schlosse zu fahren. Er sah sie aussteigen, sah den Herzog ihr die Hand reichen, sah, wie das Parktor sich vor ihr auftat, wie Lakaien sich tief vor ihr neigten, wie der Herzog sie in der Allee spazierenführte, wie sie mit ihm die breite Treppe des Schlosses hinaufstieg; er sah das Gemach, das für sie bereitet war, das schwellende Bett mit blauem Baldachin darüber, er sah, wie sie dem Herzog in die Arme sank, und hörte, wie sie aufschrie und jauchzte in endlich gestillten Lüsten.

Er ballte die Fäuste, schlug seine Stirn gegen die Kanten der offenen Schranktür, es war ihm nun, als müßte er unverzüglich sich aufmachen nach Schloß Karolslust, das Weib zurückfordern, das ihm gehörte und das er mit dem Herzog hatte davonfahren lassen, ohne eine Hand zu rühren, ohne das Maul aufzutun, demütig an der Türe stehend, durch die sie geschritten war wie eine Hofdame – ja – wie eine Prinzessin, – an des Fürsten Hand.

Der Raum, in dem er sich befand, war fast dunkel, und im Dämmer draußen, hinter dem Hause, lag das freie Feld. In diesem Augenblick klopfte es an die Fensterscheibe. Er schrak zusammen; dort draußen, riesengroß, stand einer. Wie ein ungeheurer Schatten stand er da, Tobias Klenk. Eben hob er die Faust, als wollte er das Fenster zerschmettern, aber es wurde nur ein Klopfen daraus, und nicht einmal ein sonderlich heftiges.

Adalbert tat die paar Schritte zum Fenster hin, er hörte den Tobias sprechen, leise, beinahe sanft: »Mach' auf, Adalbert! In Küche und Garten ist niemand, nicht deine Frau, nicht die Magd, mach' auf! Mach' auf!«

Adalbert zögerte. Mit den Augen suchte er nach einer Waffe oder nach einem Ding, das dafür gelten konnte. Er griff nach einem Bügeleisen, das in der Nähe lag, ließ es aber wieder fallen, ohne daß Tobias etwas davon hätte wahrnehmen können.

»Mach' auf, Adalbert!« rief Tobias noch einmal, und wieder hob er die Faust, diesmal so drohend, als wollte er das Fenster wirklich in Trümmer schlagen.

Und Adalbert öffnete. Da stand nun Tobias Klenk, wie er heute morgen vor Gericht gestanden, in verschlissenem Reiteranzug mit hohen, gelben Stiefeln und hatte einen braunen Radmantel über die Schultern geworfen. Hinter ihm breiteten sich die dämmernden Felder aus, der Kirchturm von Karolsmarkt ragte dünn und spitzig in den Abend auf.

»Was willst du von mir?« fragte Adalbert und erschauderte vor seiner eigenen Stimme.

»Was fragst du«, erwiderte Tobias. »Wenn du Courage genug gehabt hast, mich aus dem Loch herauszulassen, so wirst du wohl auch Courage haben, mich ein Viertelstündchen bei dir zu beherbergen; komm' ich doch mehr um deinet- als um meinetwillen.«

Adalbert riß die Augen weit auf, Tobias aber stieß ihn beiseite,

– 121 –

schwang sich ohne weiteres über die Brüstung ins Zimmer und schloß das Fenster hinter sich zu.

Wie hatte Tobias gesagt? Courage genug, mich aus dem Loch zu lassen? Hatte er ihn recht verstanden? Adalbert wich zurück und starrte ihm ins Gesicht.

»Ha, ich sehe, es ist dir doch nicht ganz geheuer«, lachte Tobias. »Packst ja schon deine Sachen zusammen!« und er wies auf das Wäschezeug, das herumlag.

»Was pack’ ich zusammen«, stammelte Adalbert. Wollte Tobias ihn höhnen, mit ihm spielen wie die Katze mit der Maus? Genug Courage, um ihn aus dem Loch zu lassen? Was sollte das bedeuten? Hier hatte sich etwas ereignet, was noch nicht zu fassen war, worüber man erst durch des Tobias weitere Reden völlige Klarheit gewinnen konnte; und er selbst, Adalbert, er hatte vorerst nichts anderes zu tun als zu schweigen.

»Und hast dein Weib schon vorausgeschickt? Recht so, Adalbert, recht so, Vorsicht schadet nie!«

»Komm«, sprach Adalbert aus verstörtem Sinnen und ging ihm voran ins Wohngemach. Die Teller und die Gläser, halb noch gefüllt, blinkten durch den halbdunklen Raum. »Hier ist noch Backwerk und Wein«, sagte Adalbert, »wirst heute nicht viel zu Mittag genossen haben.« Er schenkte ihm das Glas voll, aus dem vor kaum einer Stunde der Herzog getrunken hatte, und es wurde ihm wohler dabei, so, als leite er damit irgendwie ein Werk der Rache ein.

Tobias trank; dann ergriff er selbst den Weinkrug, schenkte sich noch ein Glas voll und stürzte es hinab. »Ich danke dir, Adalbert«, sagte Tobias. »Und nun machen wir’s rasch. Ich muß gleich über die Grenze. Noch in dieser Nacht. Drüben hab’ ich Freunde. Gar nicht weit. Aber was geschieht mit dir? Dem Herzog bleibt’s nicht lange verborgen, daß du mich herausgelassen. Trau’ dem Kerkermeister nicht, sag’ ich dir, und auch sonst keinem.«

Nun war es dem Adalbert über allem Zweifel klar, daß der Herzog selbst den Befehl gegeben, den Tobias, als geschähe es in Adalberts Namen, aus dem Gefängnis zu entlassen. Aber warum? Aus Edelmut oder aus Tücke? Wer fand sich zurecht in dem Mann? Was war ihm nicht alles zuzutrauen? Gutes und Böses! Doch war es nicht derselbe Mensch, der nun eben mit Agnes davongefahren war? Das Blut stieg ihm von neuem zu Kopf. Und wenn der Herzog sie nun doch zurückbrächte, und sie sähe ihn mit Tobias an einem Tische sitzen und trinken, und sie wüßte sicher vom Herzog schon, wie die Sache in Wahrheit sich zugetragen? – Der Tobias mußte fort von hier, dies vor allem. Denn wenn der die Wahrheit erfuhr, dann war alles verloren. Über die Grenze mußte er und durfte niemals wieder zurück.

»Du mußt fort«, sagte er zu Tobias. »Du mußt fort! Was stierst du mich an? Noch ein Glas meinethalben, aber dann mach' dich davon – oder juckt es dich sehr, noch einmal ins Loch zu spazieren, in ein tieferes und finstereres als das, in das ich dich für ein paar Stunden habe sperren lassen – zu deiner vorläufigen Sicherheit?«

»Zu meiner Sicherheit?«

»Zu deiner Sicherheit, ja, zu deiner Rettung. Denn wenn du ahntest, was dir in Wirklichkeit drohte, so wüßtest du, wie einem zumut ist, der den Raben als Mahlzeit zugedacht war.«

»Bist du bei Sinnen?« rief Tobias, und das Glas in seinen Händen klirrte.

»Von Sinnen bist du, Tobias, und warst es von dem Augenblick an, da du in die Gerichtsstube geführt wurdest, den Herzog da sitzen sahst und trotz all meines Blinzelns und Zwinkerns nicht begreifen wolltest, daß jedes Wort, das ich sprach, darauf angelegt war, deinen Kopf zu retten, vielmehr alles dazu tatest, um ihn nur ganz sicher zu verlieren, als wäre er nicht mehr wert denn ein Kürbis. Jede Sekunde war ich gewärtig, daß der Herzog sich erheben würde, um selbst das Urteil über dich zu sprechen, das er von mir erwartete – den Tod.«

Tobias lachte auf. »Willst du mich zum Narren machen? Oder hat dich einer dazu gemacht, soweit das noch vonnöten war?«

Adalbert aber beugte sich über den Tisch zu ihm hin, daß

ihre Stirnen sich fast berührten, und sagte: »Denkst du wirklich, der Herzog wäre nach Karolsmarkt gefahren, um sich einen Wilddieb in der Nähe zu betrachten? Den Aufrührer, den Verschwörer wollte er von Angesicht zu Angesicht sehen, über den ihm schon ausführlicher Bericht war erstattet worden.«

»Bericht über mich?«

»Und ein kleiner, hagerer Mensch in dunkler Hoftracht, mit einer goldenen Kette um den Hals, der dann spurlos verschwand, als hätte ihn der Erdboden verschlungen, der hatte mir schon heute auf dem Weg zum Gericht aufgepaßt und mich wissen lassen, wenn ich einen bösen Verdacht von mir selbst abschütteln wolle, so gäbe es heute die einzige und letzte Gelegenheit dazu: indem ich den Tobias Klenk in seiner ganzen Gefährlichkeit enthülle und zu der Strafe verdammen würde, die Hochverrätern gebühre.«

»Wahnwitziges Zeug redest du«, schrie Tobias, »wer in aller Welt kann mir was nachweisen! Mag ich jemals Übles verbrochen haben, so liegt es weit hinter mir und ist nicht hier im Lande geschehen.«

»Ich weiß von deinen Übeltaten nichts, die du in fremden Landen verbrochen hast. Du hast sie mir bis heute wohlweislich verschwiegen, wenn auch mancherlei darüber gemunkelt wurde. Andere aber, du kannst nicht daran zweifeln, wissen mehr als ich, und insbesondere spinnen sich Fäden von Hof zu Hof, von Fürsten zu Fürsten, von Gericht zu Gericht, geheimnisvolle Fäden aller Art, und Seine Gnaden, der Herzog, jawohl, Freund Tobias, derselbe, der vor kaum einer Stunde hier an dieser Stelle saß, auf dem gleichen Stuhle wie du in diesem Augenblick, und aus demselben Glase trank, aus dem du jetzt trinkst, dem ist wohlbekannt, was man von dir und deinesgleichen zu gewärtigen habe. Und also –«

Nun erhob sich Tobias, die Lehne des Stuhls in der einen Hand. »An dem Tisch hier der Herzog – und getrunken aus dem Glas? Nun denk' ich aber wirklich, du bist toll geworden. Zu welchem Zweck wäre der Herzog hier gewesen? War von mir die Rede?«

– 124 –

»Ha, von dir!« rief Adalbert und sah stier vor sich hin.

»Wann war er da, warum war er da? Willst du reden oder nicht?«

»Vor zwei Stunden, just als der Regen niederging, fuhr er hier an meinem Hause vor und eine Viertelstunde darauf mit Agnes davon – nach Karolslust.«

»Davon mit Agnes, der Herzog?«

»Davon mit meinem Weib nach Karolslust, und wenn nicht indes ein Wunder geschehen ist, so passiert ihr wohl in dieser Stunde das gleiche, was deinen beiden Schwestern zu ihrer Zeit mit dem alten Herzog passiert ist.«

Tobias Klenk saß mit aufgerissenen Augen, und es klang mehr nach Freude als nach Spott oder Zorn, da er ausrief: »Dein Weib davon mit dem Herzog? Faselst du, oder hältst du mich zum Narren, so ergeht's dir übel, Adalbert.«

»Du drohst mir noch, Mensch, dem ich all das Unheil ver-danke, das über uns gekommen ist? Zum Teufel mein Weib, mein Amt, meine Ehre – und all das, weil ich dich vor dem Galgen gerettet – und du drohst mir?«

»Wenn du die Wahrheit sprichst, Adalbert, so hab' ich nicht gedroht. Aber ich kann mir all das nicht zusammenreimen. Wenn es so gefährlich für dich stand, und du hast's gewußt, warum ließest du mich frei noch am selben Tag? Bist du der Mann dazu? Und ferner, wie gelang es dem Herzog so rasch, dein Weib nach Karolslust zu zwingen, wenn sie nicht schon vorher eines Sinnes mit ihm war? Und wenn du sie ziehen ließest mit ihm, warum packst du deine Sachen zusammen, als hättest du noch irgendwas zu fürchten und wolltest selber davon?«

»Was sollen die Fragen, Tobias? Deine Gefährten will ich ken-nenlernen, die gleichen Sinnes sind mit mir und mit dir, daß wir uns gemeinsam beraten alle, was zu tun, um das Unrecht und die Schmach aus der Welt zu schaffen und die Tyrannen zu stürzen.«

Tobias Klenk legte die Hand schwer auf Adalberts Schultern. »Hast du auch wohl überlegt, was du sprichst? Gehst du mit mir davon, so wisse, daß es keinen Weg zurück für dich gibt. Reut es dich einmal, sei es morgen schon oder erst in Tagen oder Wochen, dann ist es zu spät! Der uns verrät, ja, der auch nur abfällt von uns, ist unerbittlich der Rache ausgeliefert, so gewiß, als hätte die heilige Feme das Urteil über ihn gesprochen. Bleib' lieber daheim, Adalbert. Denn hier, dafür leg' ich die Hand ins Feuer, droht dir nun keinerlei Gefahr mehr. Ja, meinen Hals verwett' ich, daß du nun bald so hoch hinauf gelangen wirst, wie schon mancher andere es in deiner Lage erfahren hat, und mag auch mancher anfangs die Nase über dich rümpfen, nicht lange dauert's, so finden sich alle drein, erweisen dir Reverenz und Respekt, und bald gibt es keinen, der dir dein Glück nicht neiden würde.«

»Hältst du mich für einen Schuft«, schrie Adalbert, »so bist du's nicht wert, daß ich für dich –«

Ein Wagen stand vor dem Hause still. Adalbert blickte durchs Fenster hinaus, und das Herz ward ihm kalt in der Brust. »Fort, fort!« rief er mit erstickter Stimme, »duck' dich, schleich' hier durch die Tür und durchs Fenster dann, wie du gekommen.«

»Der Herzog?« flüsterte Tobias wie fragend und hatte ihn doch selbst gesehen und erkannt.

»Fort, fort, Unglückseliger«, rief Adalbert und drängte Tobias in den Nebenraum, wo das Fenster offenstand wie vorher, nur daß der Ausblick aufs freie Feld verstellt war durch zwei dunkle Gestalten, die vom dämmernden Himmel sich übergroß abzeichneten. Zugleich klopfte es an die Haustür. Adalbert stürzte hinaus, und seiner Sinne kaum mächtig öffnete er.

Der Herzog stand da, hinter ihm ein Lakai mit einer Fackel. Auf seines Herrn Wink zündete er mit der Fackel die Kerzen der zwei dreiarmigen Leuchter an, die auf der Anrichte standen. Dies geschah, ohne daß ein Wort gesprochen wurde. Auf einen neuerlichen Wink des Herzogs entfernte sich der Lakai mit der Fackel und schloß die Tür hinter sich.

»Schließt Ihr die andere Tür, Tobias Klenk, und tretet näher«, sagte der Herzog.

Tobias tat, wie ihm geheißen. Nun waren die drei Männer in dem abgeschlossenen Raum versammelt; – nur das Fenster gegen die Straße zu stand offen, – und die Kerzen flackerten im Frühlingsabendwind.

Der Herzog, als wäre er hier zu Hause, ließ sich nieder und sprach: »Es trifft sich gut, Tobias Klenk, daß ich Euch hier bei Eurem Freunde finde. Er hat es Euch wohl schon zur Kenntnis gebracht, was ich mit Euch für Pläne habe?«

Dem Adalbert schnürte es die Kehle zu, denn nichts anderes konnte die Frage des Herzogs bedeuten als dies, ob Adalbert dem Tobias des Herzogs Absicht kundgegeben, ihn als Jäger in seine Dienste zu nehmen. Tobias hinwieder mußte glauben, die Frage des Herzogs spiele auf die Todesstrafe an, die nach Adalberts Bericht ihm zugedacht gewesen. Was immer Adalbert nun erwidern konnte, aufs neue und immer furchtbarer hätte er sich verstrickt; nichts anderes blieb ihm übrig, als unverzüglich alles zu bekennen, was ja doch binnen kurzem in Rede und Gegenrede notwendig zutage kommen mußte.

Da hörte er schon, wie Tobias an seiner Statt erwiderte: »Was hilft nun alles, Durchlauchtigste Gnaden, da bin ich nun einmal und weiß mich völlig in Euerer Gewalt. Draußen stehen auch zwei, ich hab' sie gesehen, und wenn ich auch keineswegs sagen will, daß ich mich reumütig in mein Schicksal ergebe, es wird nun wohl dafür gesorgt sein, daß ich nicht dawider ankann, was immer über mich beschlossen sei. So wage ich nur die Bitte, Herr Herzog, daß Ihr es meinem kläglichen Freund nicht entgelten lasset, wenn er mir vor der Zeit die Tür des Kerkers wieder aufgetan. Er hatte schlimmere Angst vor mir als vor Eurer Herzoglichen Gnaden. Und dies mit allem Anlaß. Denn die ungerechte Strafe, die er über mich verhängte, währe ihm übel geraten. Und die Rache wäre schlimmer gewesen als jede Strafe, die Euere Herzogliche Gnaden über ihn hätte verhängen können.«

Adalbert ließ das Haupt sinken wie ein Verurteilter. Er wagte es nicht, dem Herzog ins Antlitz zu sehen, und hielt den Atem an, als jener, wieder an ihn sich wendend, zu reden anfing. »Ehe wir den Fall des Tobias Klenk mit aller nötigen Umsicht behandeln, werdet Ihr wohl über das Schicksal Eurer Gattin Gewißheit haben wollen. Herr Richter Adalbert Wogelein, sorgt Euch nicht um sie. Da sie vorläufig in keiner Weise zu bewegen war, zu Euch zurückzukehren, hab' ich sie bei der Frau Oberjägermeisterin einquartiert. Nach einem Monat, so hab' ich von ihr gefordert, wird sie bereit sein, Euch zu empfangen zu gründlicher Aussprache; und es wird sich erweisen, ob Ihr Euch miteinander verständigen und wieder vereinigen könnt oder nicht. Da ich Euch in Euerm Amt als einen klügeren und gewitzteren Mann erfunden als in Eurer Ehe, mir aber scheint, daß Ihr Eure Rechtskenntnisse besser an Dingen werdet erweisen können, wo mehr Schlauheit als Mut vonnöten, will ich dafür sorgen, daß Euch eine Stelle am Reichsgericht zu Wetzlar zugewiesen werde. Was nun Euer Vergehen anbelangt, das Ihr Euch durch die eigenmächtige Freilassung des Tobias Klenk habt zuschulden kommen lassen, so wollen wir es durch die Angst, die Ihr ausgestanden, als gesühnt erachten. Ihr aber, Tobias Klenk, mögt vor allem dahin aufgeklärt sein, daß die zwei Menschen draußen keineswegs beauftragt waren, Euch wieder gefangenzusetzen, sondern vielmehr: Euch aus dem Gefängnis abzuholen und vor mich nach Karolslust zu bringen. Ich will nicht eben sagen, daß Ihr mir wohl gefallt; doch da Ihr doch zu nichts Besserem taugt, Euch aber das Jagen Spaß zu machen scheint, so wollt' ich Euch im Schloß Karolslust als Jagdgehilfe in Dienst nehmen. Dies aber merkt wohl, daß Ihr dort unter strenger Hut und Aufsicht stehen und die geringste Auflehnung oder Nachlässigkeit aufs strengste zu büßen haben würdet. Insbesondere aber seid Ihr dringend gewarnt, dem Richter Adalbert Wogelein irgend etwas nachzutragen oder gar auf irgendeine Weise nach Vergeltung zu trachten.«

Indes hatte Adalbert manchen bangen Blick zu Tobias Klenk hingeworfen und gewahrte nun ein so tückisches Aufblitzen in dessen Augen, daß er nicht zweifeln konnte, wessen er sich von ihm bei allernächster Gelegenheit zu versehen hätte. Und so stürzte er, von seiner Angst völlig um alle Besinnung gebracht, vor dem Herzog auf die Knie, und ehe noch Tobias antworten konnte, rief er aus: »Was liegt an mir, Herzogliche Gnaden, und an meinem armseligen Leben? Nur durch ein aufrichtiges Geständnis vermag ich meine Dankesschuld an Eure Herzogliche Gnaden abtragen. Herr Herzog, es gibt eine geheime Brüderschaft in deutschen Landen, – Tobias selbst hat es mir vertraut, er wird es nicht leugnen, – die verbrecherische Anschläge gegen die geheiligten Häupter der Fürsten plant. Ich würde mich zum Mitschuldigen machen, wenn ich es in Kenntnis dieser Umstände wortlos mit ansähe, daß Eure Herzogliche Gnaden ein Mitglied dieser geheimen Brüderschaft, daß Ihr den Tobias Klenk in Eurer unmittelbaren Nähe verweilen ließet, da doch den Versicherungen und Schwüren solcher Leute, auch wenn sie anfangs ehrlichen Willens sein mögen, in keinem Falle zu trauen ist.«

»Erhebt Euch«, befahl der Herzog in hartem Ton. Adalbert erhob sich und wagte nicht aufzuschauen. Und noch weniger getraute er sich, den Blick zu Tobias Klenk hin zu richten. Der Herzog schwieg eine ganze Weile, dann sagte er: »Was ich gesagt habe, Tobias Klenk, bleibt aufrecht. Ich nehm' Euch zum Jagdgehilfen in Schloß Karolslust. Euern Dienst sollt Ihr sofort antreten.«

»Durchlauchtigster Herzog«, erwiderte Tobias Klenk, »mit allem schuldigen Danke schlage ich Euer Hoheit gnädiges Angebot aus. Ein so arger Lumpenkerl, mit Respekt zu vermelden, der Herr Richter Adalbert Wogelein auch sein mag, wie ich ihn schon in meinen Kinderjahren erkannt, – es wäre wohl möglich, daß ich noch immer der Schlimmere von uns beiden bin. Und mit seiner Warnung hat er recht, Herzogliche Gnaden, und in höherem Maße, als er selbst ahnen konnte. Denn wenn ich im Revier herumschlich mit geladener Waffe, so war es keineswegs, um einen Rehbock zu schießen, sondern vielmehr, um Örtlichkeit und Umstände in der Nähe von Karolslust auszukundschaften für bessere Gelegenheit.«

»Was meint Ihr damit?« fragte der Herzog. »Des Lebens und der Freiheit dürft Ihr Euch in jedem Fall versichert halten. Sprecht also ohne alle Scheu.«

Tobias zögerte und sah vor sich hin.

Um des Herzogs Mundwinkel zuckte es verächtlich. »Wenn Ihr Furcht hegen solltet ungeachtet meines fürstlichen Worts, daß Ihr des Lebens und der Freiheit sicher seid, so mögt Ihr auch

– 129 –

schweigen, Tobias Klenk«, und er machte Miene, sich von ihm abzuwenden.

Doch nun, als kenne er keine schlimmere Schmach, als daß man ihm zumute, für sein Leben zu zittern, begann Tobias mit Hast: »Von der geheimen Brüderschaft, Herr Herzog, und all dem Unsinn, den dieser Wicht hier vorgebracht, ist kein Wort wahr, – und ich will nicht, daß irgendein unschuldig Verdächtigter zu leiden habe. Doch was ich für meinen Teil zu tun vorhatte, Herr Herzog, das war und ist meine Sache allein. Und wenn einer den Anfang machen sollte mit den Dingen, die doch einmal geschehen müssen, daß Ordnung, Gerechtigkeit und Gleichheit geschaffen werde in der Welt – ich glaube wohl, daß ich der Richtige gewesen wäre, es zu tun. – Und Ihr, Herr Herzog«, – und er blickte ihm mit düsterer Frechheit ins Auge, – »Ihr wart mir am nächsten zur Hand«, und er senkte den Blick nicht.

»Nun, Tobias Klenk«, entgegnete der Herzog nach einem kurzen Schweigen, »ob nun Euer Geschwätz nur eitel Prahlerei sein mag oder Schlimmeres oder Besseres – einen Gesellen wie Euch will ich weiterhin weder in meiner Nähe noch in meinem Lande dulden. Die beiden, die da draußen warten, die sollen Euch unverzüglich an die Grenze bringen. Und ich rat’ Euch, daß Ihr nicht allzusehr auf meine Großmut baut, der ich an diesem einen Tag müd genug geworden bin für – lange Zeit. Und merkt Euch, Tobias Klenk, trifft man Euch irgendwann oder irgendwo je wieder im Bereiche meines Landes an, so sollt Ihr am nächsten Galgen hängen, so gewiß ich hier auf diesem Stuhle sitze. Und nun öffnet die Tür, an der Ihr steht, Tobias Klenk.«

Der gehorchte. Draußen vor dem Fenster in der Dunkelheit standen die zwei Männer regungslos. »Hört«, rief der Herzog ihnen zu. »Im nächsten Augenblick wird einer durchs Fenster springen. Nehmt ihn in Eure Mitte und bringt ihn bis zur Grenze nach Feldbach. Gebt aber wohl acht auf ihn; und wenn er Miene macht zu entwischen, so schickt ihm Eure Kugeln nach. Von der Grenze aus mag er sich trollen, wohin es ihm beliebt, und sein töricht fruchtloses Leben weiterführen, bis sein Schicksal ihn ereilt.«

Gebieterisch wies er mit gestrecktem Arm gegen das Fenster zu, Tobias wandte sich ohne Gruß, schwang sich über die Brüstung, die beiden Wartenden draußen legten ihm schwer die Hände auf die Schultern und verschwanden mit ihm in die Nacht.

Nun stand Adalbert allein mit dem Herzog da, und dieser sprach weiter: »Ihr habt nun wohl eingesehen, Herr Richter Wogelein, daß es nicht gut tut, vor der Welt, insbesondere aber vor seinem Weib, den Helden spielen zu wollen, wenn man nun einmal als Hasenfuß geboren ward. Es geht in solchem Falle ohne Lüge nicht ab; – und habt Ihr Euch erst zu einer herbeigelassen, so folgen ihr die nächsten unweigerlich und umstehen Euch am Ende alle wie böse Feinde, die Ihr selbst aus Eurer Brust gezeugt, und schlagen Euch zu Boden, daß Ihr Euch nimmer erheben könnt. So ist es Euch geschehen, Adalbert Wogelein, und Ihr liegt nun so kläglich da, daß Ihr mich dauern solltet. Doch Ihr dauert mich nicht; – Und da Ihr mir irgendeiner Großmut oder nur geringsten Rücksicht noch weniger wert scheint als Euer Freund Tobias Klenk, vor dem Ihr nun nicht weiter zu zittern braucht, so sollt Ihr wissen, daß ich von hier keineswegs in die Residenz, sondern geradenwegs nach dem Schlosse Karolslust zu fahren gedenke, und daß Euer Weib heute nicht im Hause der Oberjägermeisterin, sondern in meinem fürstlichen Bette schlafen wird, wie es ihr eigener Wunsch war. Die Stelle in Wetzlar beim Reichsgericht soll Euch gewahrt sein... Und nun gehabt Euch wohl, Herr Richter Wogelein.«

Er ging. Draußen mit der Fackel stand der Lakai. Die Tür fiel zu, Schritte verhallten, bald darauf auch das Rollen der Räder.

Adalbert, mit einemmal wie gefällt, brach zusammen. Auf dem Boden liegend, wimmerte er eine Weile vor sich hin, plötzlich brüllte er auf wie ein wildes Tier. Die Magd, zu Tode erschrocken, trat ein. »Was will sie da«, schrie Adalbert, die Arme auf den Boden gestützt. »Wo war sie den ganzen Tag?« und er sprang auf die Füße.

Die Magd machte große Augen, dann fing sie blöde an zu schluchzen. Adalbert trat näher auf sie zu. Da sie zu jammern nicht aufhörte, faßte er sie bei den Schultern, und wie er sie so immer näher an sich heranzog und von ihren Brüsten ein heißer Dunst ihm in die Nüstern stieg, wandelte sich seine ungeheure Wut, wie es ihm nicht zum erstenmal geschah, zu brünstiger Erregung; und während er immer noch schrie: »Hinaus mit ihr! Geh sie zum Teufel!« preßte er sie immer heftiger an sich, so daß sie endlich zu lachen begann und sich seinen Liebkosungen fügte, noch ehe sie oder er selber wußten, daß es Liebkosungen waren, die sie von ihm zu leiden hatte.

Als Frau Agnes am nächsten Morgen in der herzoglichen Karosse vor dem Hause anlangte, fand sie die Tür unverschlossen, niemanden in Vorzimmer und Küche, doch im ehelichen Schlafgemach ihre Magd in Adalberts Armen. Er empfing sie mit höhnisch albernem Grinsen, sie, blaß und stumm, schlug der Magd ins Gesicht, diese sprang heulend aus dem Bett und lief im Hemde hinaus.

Adalbert zog sich unwillkürlich die Decke übers Gesicht, das Gefühl einer untilgbaren Schmach und einer nichtigen Rache rann ihm, zu bitterer Wollust vereint, durch das Blut.

Als er den Kopf wieder hervorstreckte, war er allein. Jählings stand er auf, noch unschlüssig, was er zunächst beginnen sollte, doch da ihm am Ende nichts anderes übrigblieb, machte er sich endlich, wie an jedem andern Morgen, fertig für den gewohnten Lauf des Tags. Und da er sich doch nicht für die künftige Zeit seines Lebens im Hause einschließen und verborgen halten konnte, entschied er sich, wohl etwas verspätet, ins Amt zu gehen.

Die Magd besorgte schon ihre allmorgendliche Arbeit in der Küche, als der Herr vorüberging, und sah nicht auf. Doch was ihn noch seltsamer berührte, war, daß im Vorgarten Frau Agnes saß, im hellen Morgenkleide, und sich von der köstlichen Frühsonne das blonde Haupt bescheinen ließ. Für einen Augenblick war ihm, als sei alles, was sich seit gestern abend begeben, doch nur ein böser Traum gewesen und nicht mehr. Und fast war er daran, Agnes anzurufen, ihr einen guten Morgen zu wünschen, doch er fühlte, wie ihr Blick durch ihn hindurchging wie durch einen Schatten, so daß er unwillkürlich an seinem Leibe auf und ab tastete, ob er überhaupt noch vorhanden und nicht eigentlich ein Gespenst geworden sei.

Auf dem Wege zum Gerichte hin empfing er und erwiderte er, wie allmorgendlich, manchen Gruß, in dem kein Spott, keine Mißachtung, ja keinerlei Ahnung von dem Geschehenen sich zu verraten schien. In der Amtsstube wartete der Schreiber ganz wie gewöhnlich, zeigte keinerlei Erstaunen, daß der Herr Richter so verspätet, noch darüber, daß er überhaupt erschien; und ohne weiteren Verzug nahmen die Verhandlungen ihren Anfang und Fortgang wie jeden Tag. Herr Adalbert Wogelein urteilte streng, aber gerecht, wie man es von ihm gewohnt war, und während er amtshandelte, wurde ihm mit jeder Minute deutlicher bewußt, um wieviel wohler ihm zumute war als gestern zur selben Stunde und im gleichen Raum. Kein Mensch auf Erden, aufatmend fühlte er's, konnte ihm nun etwas anhaben; nach allen Seiten hin war er wie gefeit gegen Unbill und Gefahr.

Erhobenen Hauptes verließ er das Gericht, vom Schreiber aufs devoteste gegrüßt, mit allem Respekt auch von den andern höheren und geringeren Amtspersonen, denen er in Gang und Flur begegnete; auf dem Heimweg hielt er sich eine Weile in der Apotheke auf, um dem Schwiegervater, der zuerst eine gewisse Betroffenheit nicht verbergen konnte, sich aber gleich wieder faßte, die Hand zu drücken und ihm, wie er es auch sonst manchmal tat, im Vorübergehen einen Gruß von seiner Tochter Agnes zu bestellen. Dann schritt er in weit beruhigteren Gedanken als vierundzwanzig Stunden vorher den besonnten Weg seinem Hause zu.

Agnes fand er nicht daheim, sie war, wie die Magd berichtete, schon in früher Nachmittagsstunde von der herzoglichen Karosse abgeholt worden. Es war ihm behaglicher, als wenn sie dagewesen wäre. Und er wußte sich leidlich die Zeit zu vertreiben, bis am nächsten Morgen der Wagen mit Agnes vor dem Hause wieder hielt.

– 133 –

In der gleichen Weise ging es noch manchen Abend, manche Nacht, manchen Morgen. Und alle, Agnes, ihr Gatte, ihr Vater, der Bürgermeister, und ganz Karolsmarkt fanden sich rascher in den Lauf der Dinge, als irgendeiner am dem Tage hätte prophezeien dürfen, da der Herzog in sein Land wieder heimgekehrt war.

Der aber ward binnen kurzer Frist ein Fürst von ganz ähnlicher Art, wie seine Ahnen es gewesen. Kein geradezu schlimmer Herr, wie von manchen seiner Vorfahren der Ruf ging, aber auch keiner von den besten. Er verblieb noch einige Zeit in Korrespondenz mit dem Baron Grimm, lud manchmal fremde Notabilitäten an den Hof von Sigmaringen, verdankte seinen Ruf aber auch weiterhin mehr der Pracht seiner Jagden und der Üppigkeit seiner Zechgelage, als der Förderung der Wissenschaften und schönen Künste.

Karl Eberhardt XVII. hatte eine Prinzessin von Württemberg zur Frau, hielt manches Gartenmägdlein neben ihr, bekam im Laufe der Jahre drei eheliche und sieben uneheliche Kinder, deren erstes von Agnes war und im Hause ihres Gatten als ein junger Wogelein aufwuchs. Drei Jahre später wurde dem Richter, von dessen Anstellung beim Reichsgericht in Wetzlar nicht weiter die Rede war, noch ein zweiter Sohn geboren, der es aber in seinem ferneren Leben nicht zu gleichem Ansehen brachte, wie sein älterer Bruder, der um die Wende des Jahrhunderts die Würde eines Oberstallmeisters am Hofe zu Sigmaringen bekleidete.

Der Galgen, an dem Tobias Klenk sein abenteuerliches Leben endete, stand in einem andern Land.

Bibliographischer Nachweis

Fräulein Else. Erstmals in ›Die Neue Rundschau‹, Berlin, 35. Jg.,
H. 10, Oktober 1924. Erste Buchausgabe: Paul Zsolnay Verlag, Berlin – Wien – Leipzig 1924 (= Textvorlage).

Die Frau des Richters. Erstmals in ›Vossische Zeitung‹, Berlin,
7.–15. August 1925. Erste Buchausgabe: Propyläen-Verlag,
Berlin 1925 (= Textvorlage).

Arthur Schnitzler
Das erzählerische Werk

In revidierter Neuausgabe liegen bereits im FTV vor:

Band 9403   *Frau Berta Garlan. Erzählungen*
Um eine Stunde – Die Nächste – Andreas Thameyers letzter Brief – Frau Berta Garlan – Ein Erfolg

Band 9404   *Der blinde Geronimo und sein Bruder. Erzählungen*
Leutnant Gustl – Der blinde Geronimo und sein Bruder – Legende – Der Leuchtkäfer – Boxeraufstand – Die grüne Krawatte – Die Fremde – Die griechische Tänzerin – Wohltaten, still und rein gegeben – Die Weissagung – Das Schicksal des Herrn von Leisenbohg – Das neue Lied – Der tote Gabriel – Geschichte eines Genies – Der Tod des Junggesellen

Band 9405   *Der Weg ins Freie. Roman*

Band 9406   *Die Hirtenflöte. Erzählungen*
Die Hirtenflöte – Die dreifache Warnung – Das Tagebuch der Redegonda – Der Mörder – Frau Beate und ihr Sohn

Band 9407   *Doktor Gräsler, Badearzt. Erzählung*

Band 9408   *Flucht in die Finsternis. Erzählungen*
Der letzte Brief eines Literaten – Casanovas Heimfahrt – Flucht in die Finsternis

Band 9409   *Die Frau des Richters. Erzählungen*
Fräulein Else – Die Frau des Richters

Folgende Bände der Neuausgabe sind in Vorbereitung:

Band 9402   *Komödiantinnen. Erzählungen* (September 1990)
Die kleine Komödie – Das Himmelbett – Die Komödiantinnen – Blumen – Spaziergang – Der Witwer – Ein Abschied – Der Empfindsame – Die Frau des Weisen – Der Ehrentag – Die Toten schweigen

Band 9401   *Sterben. Erzählungen* (Winter 1991)
Frühlingsnacht im Seziersaal – Welch eine Melodie – Er wartet auf den vazierenden Gott – Amerika – Erbschaft – Mein Freund Ypsilon – Der Fürst ist im Haus – Der Andere – Reichtum – Der Sohn – Gespräch in der Kaffeehausecke – Die drei Elixiere – Gespräch, welches in der Kaffeehausecke nach der Vorlesung der ›Elixiere‹ geführt wurde – Die Braut – Sterben

Band 9412   *Therese. Chronik eines Frauenlebens* (Winter 1991)

Band 9411   *Ich. Erzählungen* (Sommer 1991)
Spiel im Morgengrauen – Abenteurernovelle – Ich – Der Sekundant

Band 9410   *Traumnovelle* (Sommer 1991)

Arthur Schnitzler

Gesammelte Werke
in Einzelausgaben

Das erzählerische Werk

Band 1
**Die Frau des Weisen
und andere Erzählungen**
Band 1960

Band 3
**Doktor Gräsler, Badearzt
und andere Erzählungen**
Band 1962

Band 5
**Casanovas Heimfahrt
und andere Erzählungen**
Band 1964

Band 6
**Traumnovelle und
andere Erzählungen**
Band 1965

Band 7
**Therese, Chronik
eines Frauenlebens**
Band 1966

Das dramatische Werk

Band 1
**Liebelei und
andere Dramen**
Band 1967

Band 2
**Reigen und
andere Dramen**
Band 1968

Band 3
**Der grüne Kakadu
und andere Dramen**
Band 1969

Band 4
**Der einsame Weg
und andere Dramen**
Band 1970

Band 5
**Komtesse Mizzi
und andere Dramen**
Band 1971

Band 6
**Professor Bernhardi
und andere Dramen**
Band 1972

Band 7
**Fink und Fliederbusch
und andere Dramen**
Band 1973

Band 8
**Komödie der Verführung
und andere Dramen**
Band 1974

Fischer Taschenbuch Verlag

fi 200/3

Arthur Schnitzler
Jugend in Wien

Eine Autobiographie
Herausgegeben von Therese Nickl und Heinrich Schnitzler

Arthur Schnitzler war bereits über fünfzig und auf der Höhe seines Lebens und seines Ruhmes, als er zwischen 1915 und 1920 die Aufzeichnungen seiner Jugend in Wien niederschrieb. Der Lebensbericht, den Schnitzler bis zum Jahre 1900 fortzuführen plante, endet 1889, als Schnitzler Assistenzarzt seines Vaters an der Wiener Poliklinik und dabei war, seinen Weg zur Literatur zu finden. Arthur Schnitzler berichtet sehr aufrichtig von seiner Kindheit, von den Jugend- und Studienjahren in Wien, von dem Leben eines jungen Mannes aus großbürgerlichem Haus, von seinen Freundschaften und Liebschaften, von seiner Konfrontation mit dem Arztberuf, von seiner Dienstzeit als Militärarzt, von Reisen nach Berlin und London, aber auch von der Weltanschauung und den politischen Ereignissen seiner Jugendzeit zwischen 1862 und 1889. Natürlich spricht er auch von seinen ersten schriftstellerischen Versuchen, aber mit dem distanzierten Humor des reifen Erzählers, den Alfred Kerr vor einem halben Jahrhundert den »österreichischen Maupassant« genannt hat und den Friedrich Torberg in seinem klu-

Band 2068

gen und verehrenden Nachwort heute mit Tschechow vergleicht. Aus den Begegnungen mit Freunden und geliebten Frauen ragt vor allem das Bild seiner späteren Gattin Olga Jussmann heraus, der er am Schluß des Bandes mit dem Bekenntnis tiefer Zuneigung ein zärtliches Denkmal setzt.

Fischer Taschenbuch Verlag

fi 1113 / 1

Arthur Schnitzler

Briefe 1875–1912
Herausgegeben von Therese Nickl und Heinrich Schnitzler
1047 Seiten. Leinen

Arthur Schnitzler erweist sich ein halbes Jahrhundert nach seinem Tod als lebendiger Dichter. Sein Werk beschwört mit einer vergangenen Epoche, einer vergangenen Gesellschaft gleichermaßen Grundmächte und nur äußerlich sich wandelnde Gesetze des Lebens. Erst heute erkennen wir Schnitzlers illusionslosen Ernst und seine unerbittliche Wahrhaftigkeit ganz: Aus seinen Briefen gewinnen wir ein Selbstporträt und Schicksalsbild.

Der erste Band führt von einem Gruß des Dreizehnjährigen an die Mutter bis zur Lebenshöhe, zu der Vollendung des »Professor Bernhardi«, dem fünfzigsten Geburtstag und der ersten Werkausgabe, die S. Fischer ihm bereitete. Die Mehrzahl der Briefe wird hier zum ersten Mal veröffentlicht.

Briefe 1913–1931
Herausgegeben von Peter Michael Braunwarth, Richard Miklin, Susanne Pertlik und Heinrich Schnitzler
1198 Seiten. Leinen

Die Briefe sind Spiegelungen, Reaktionen, unerschrockene Stellungnahmen und Klärungen. Krieg. Krise und Scheidung der Ehe, Verhandlungen mit dem Verleger, mit Theatern und Schauspielern (z.B. Elisabeth Bergner). Reisen.
Das schöne Vater-Sohn-Verhältnis zwischen ihm und Heinrich, die Vater- oder Tochtertragödie: der Selbstmord der noch nicht neunzehnjährigen Lili. Die tiefe, anhaltende Trauer um Hofmannsthal. Nicht zuletzt, vielmehr immer wieder: Politik. Diese Briefe sind geschrieben mit Bedacht auf den Adressaten, nicht auf spätere Publikation.

S. Fischer

Erzähler-Bibliothek

Jerzy Andrzejewski
Die Pforten des
Paradieses
Band 9330

Hermann Burger
Die Wasserfall-
finsternis von
Badgastein
*und andere
Erzählungen*
Band 9335

Joseph Conrad
Jugend
Ein Bericht
Band 9334

Die Rückkehr
Erzählung
Band 9309

Tibor Déry
Die portugiesische
Königstochter
Zwei Erzählungen
Band 9310

Fjodor M. Dostojewski
Traum eines lächer-
lichen Menschen
*Eine phantastische
Erzählung*
Band 9304

Ludwig Harig
Der kleine Brixius
Eine Novelle
Band 9313

Abraham B. Jehoschua
Frühsommer 1970
Erzählung
Band 9326

Franz Kafka
Ein Bericht
für eine Akademie/
Forschungen
eines Hundes
Erzählungen
Band 9303

George Langelaan
Die Fliege
*Eine phantastische
Erzählung*
Band 9314

D.H. Lawrence
Die Frau, die davonritt
Erzählung
Band 9324

Thomas Mann
Mario und
der Zauberer
*Ein tragisches
Reiseerlebnis*
Band 9320

Die vertauschten Köpfe
Eine indische Legende
Band 9305

Daphne Du Maurier
Der Apfelbaum
Erzählungen
Band 9307

Fischer Taschenbuch Verlag

fi 669/6a

Erzähler-Bibliothek

Herman Melville
Bartleby
Erzählung
Band 9302

Arthur Miller
Die Nacht
des Monteurs
Erzählung
Band 9332

Franz Nabl
Die Augen
Erzählung
Band 9329

Vladimir Pozner
Die Verzauberten
Roman
Band 9301

Peter Rühmkorf
Auf Wiedersehen
in Kenilworth
*Ein Märchen in
dreizehn Kapiteln*
Band 9333

William Saroyan
Traceys Tiger
Roman
Band 9325

Antoine
de Saint-Exupéry
Nachtflug
Roman
Band 9316

Arthur Schnitzler
Frau Beate
und ihr Sohn
Eine Novelle
Band 9318

Anna Seghers
Wiedereinführung
der Sklaverei
in Guadeloupe
Band 9321

Mark Twain
Der Mann,
der Hadleyburg
korrumpierte
Band 9317

Franz Werfel
Geheimnis
eines Menschen
Novelle
Band 9327

Carl Zuckmayer
Der Seelenbräu
Erzählung
Band 9306

Stefan Zweig
Brennendes Geheimnis
Erzählung
Band 9311

Brief einer
Unbekannten
Erzählung
Band 9323

Fischer Taschenbuch Verlag

fi 669 / 1b

Arthur Schnitzler
Sein Leben · Sein Werk · Seine Zeit

*Herausgegeben von Heinrich Schnitzler,
Christian Brandstätter und Reinhard Urbach
368 Seiten. Mit 324 Abbildungen. Leinen im Schuber*

Kaum ein Autor der Wiener Jahrhundertwende stand so sehr im Brennpunkt von Polemik, Kritik und Verleumdung, war in so viele Skandale und Prozesse verwickelt wie Arthur Schnitzler. Gegen antisemitische Hetze hatte er sich ebenso zu wehren wie gegen mißverständliche Verehrung und böswillige Klischee-Urteile, die ihn zum leichtsinnigen Erotiker und oberflächlichen Causeur machen wollten. Doch am schwersten hatte er es mit sich selbst, wie eine Tagebucheintragung aus dem Jahre 1909 deutlich macht: »Hypochondrie, in jedem Sinne, der schwerste Mangel meines Wesens; sie verstört mir Lebensglück und Arbeitsfähigkeit – dabei gibt es keinen, der so geschaffen wäre, sich an allem zu freuen und der mehr zu thun hätte. –«
Leben, Werk und Umkreis des Dichters werden in diesem Band in Beziehung zu seiner Zeit gesetzt. Autobiographische Aufzeichnungen, zumeist unveröffentlichte Briefe und Tagebuchnotizen und zahlreiche bisher nicht bekannte Bilder fügen sich zu seiner authentischen Biographie zusammen.

S. Fischer

fi 331 / 2